物語で読む
引き寄せの法則

サラとソロモンの友情

エスター＆ジェリー・ヒックス
栗原百代訳

SARA AND SETH: SOLOMON'S FINE FEATHERLESS FRIENDS
BY ESTHER AND JERRY HICKS

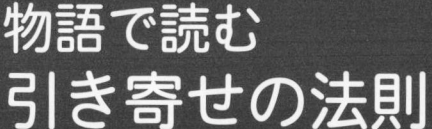

物語で読む引き寄せの法則　サラとソロモンの友情

読者のみなさまへ

わたしが何かを読んで大笑いしてしまうことは、めったにありません。ところが、このサラのシリーズの新しいお話の校正刷りを読んでいるあいだ、エスターは何度も部屋から声を張りあげて、「何を笑ってるの?」と言いました。わが旧友ソロモンと、サラの賢い新しい友だちセスの知的なユーモアに、わたしは何度もやられたのでした。

『物語で読む引き寄せの法則　サラとソロモンの友情』は、読者をわくわくさせ、ついには理解し満足させて、いつまでも、何度もくりかえし、スリルと喜びを味わわせてくれる本です。

あなたが人生の目的を果たすための純粋かつ実践的な方法を発見しながら、サラやセスと分かちあう楽しみは、あなたの愛するすべての人たちと分かちあえる経験になるはずです。いま、気力がどんなに充実している人でも、このサラの物語の最新刊を読めば、たちまち気持ちがさらに上向きます。あなたは、いまの自分よりも喜ばしい存在になる旅の、この新しい大きな一歩をかならずや楽しまれることでしょう。

——ジェリー・ヒックス

もくじ

第1章　しあわせを求めて

「セス、おまえんち、火事だぞ！」

「へえ、そう」セスは鼻で笑って、またぞろ自分をからかう声がつぎつぎ飛んでくるのにそなえて、身がまえました。家まで五マイルのスクールバスの道のりは、百マイルにも感じられます。バスに足を踏み入れたとたんに、決まって、からかい攻撃がはじまって、セスが重い足どりでバスを降りるまで休みなくつづくのでした。

それは去年の三月、まさに転校してきた初日にはじまりました。セスの一家は丘の上の、旧ジョンソン家の地所へ引っ越して、しばらく空き家だったところへ住みついたのでした。一家がそこに住みだして数カ月になるのに、見かけは誰もいなかったころと変わりません。台所の窓には、同じぼろぼろのカーテン。でもカーテンと呼べるものが掛かっているのは、この窓だけ。床板はざらざらと傷み、壁はかき傷や割れ目や釘穴など、かつて短いあいだ住んだ人たちの名残《なご》りでいっぱいでした。

家族の誰にも家の見栄えなど気にするそぶりもありません。前の家のときも、その前の家のとき

もそうでした。セスの両親にとって、いちばんの関心事は、土地なのです。菜園をつくり、乳牛とヤギを飼うための土地。たゆみない、終わることのない労働を求める土地。家族がどうにか生きていける糧《かて》を生みだす土地。

セスは体を起こしませんでした。バスの小さな座席であおむけになって、セーターを顔まで引き上げて、寝たふりをしていました。

パトリックのゴムのヘビにもう身をすくめたりはしませんでした。ばかないたずらに、何度もひっかかって飛びあがってはいられません。バスに乗りだした初日か二日目からは、セスはとがったものや濡《ぬ》れたものに腰かけはしませんでした。それなりの経験をすれば、どこにすわるべきか、どこを踏むべきかわかるようになるものです（一度だけ、バスの座席がいつもどおり支えてくれると思ってもたれたら、そっくり返ってしまい、後ろの女子のひざを強打し、悲鳴をあげられたことがありました。意地の悪いバス仲間たちが、その朝、学校まで行くあいだに座席のねじ留めをはずし、帰りにその席を空けておいてセスにすわらせようと、たくらんだのでした）。

偽《にせ》のクモから本物のクモまで、水たまりから蜂蜜《はちみつ》だまりまで、もうこの脳たりんたちの想像力に乏しい、ネタ切れぎみのいたずらになんか、だまされるものか。バスの登下校は、まったく愉快《ゆかい》でないのは確かながら、セスの中にこれといった感情を生みださなくなっていたのです。

「セス、おまえんち、燃えてるぞ！　ほんとだってば、セス、見ろよ！」

セスは目を閉じたまま座席にもたれ、今回は自分のほうが勝ったなと思って、にやにやしていました。聞いたこともないような声だ。みんなが見たくてうずうずしてる顔なんか見せてやるもんか。形勢逆転ってことさ。父さんの言ってたとおり、時間がものごとを解決してくれるのかもしれない。

「セス！」運転手さんの声がひびきました。「起きろ。きみのうちが火事だ！」

セスはぎょっとして、すばやく起き直って、丘の斜面《しゃめん》に建つわが家を見やりました。狭い家とはいえ、すっかり炎にのみこまれています。

運転手さんは道のわきにバスをとめ、ドアを開きました。セスは身をすくめて、窓の外の立ちのぼる煙を見つめます。煙がひどくて、どれぐらいの被害なのかわからず、あたりに人の姿は見えません。消防車も駆けつけていなければ、ご近所がどやどやと助けに向かう姿もなく、何もかもがいつもどおりに見えます。家が燃えているというのに、ウシたちは草を食《は》み、年寄りのヤギは木につながれ、ニワトリたちは前庭を爪でひっかいています。

家に三匹いる犬の中でいちばん年寄りで人なつこいトリクシーが、丘を駆けおりてきて門の下をくぐり抜け、セスを出迎えました。セスの指をなめ、ポケットに鼻をつっこみ、ごちそうをさがします。けれど、セスはトリクシーに気づきません。ぼうっとつっ立って、家が燃えるのをながめていました。

運転手さんがバスから降りてきて、つぎの停留所で助けを呼んでくる、と言うと、セスは力なく手をふり返しました。助けを呼んでも、まったくむだでした。風向きが変わって、煙が流れていったら、見えたのです。家はすっかり焼け落ちていました。残っているのは、暖炉と煙突だったレンガの柱だけです。木がパチパチとはぜる音が、がれきの下の缶づめが思い出したようにパン、パン、と破裂する音が、セスの耳に届きました。

くすぶる材木の残がいを見ながら、セスは違和感《いわかん》をおぼえていました。感じていたのは悲しみではなく、こうした状況でふつう感じそうな大きな喪失感《そうしつかん》でもなく、妙にむなしい気分だけでした。

心からの喪失感をおぼえる理由なんてありませんでした。じつのところ、失うものなど、ほとんどなかったのですから。家族が火にまかれた心配はありませんでした。お父さんとお母さんは、毎週火曜日と水曜日には青物市場に行っています。弟のサミュエルは、ウィテカーさんの家に庭仕事をしに行くためにバスを降りるまでは、セスといっしょでした。大事なものをなくした実感もありません。貴重品なんてものはなかったからです。ただし図書館で借りてきて、まだ返却してなかった本がありました。もう返すことができないと思ったら、セスは良心が痛みました。

ショックで自分でもはっきりしないのですが、セスが感じていたのは、失うものがない人間がいだくよりも大きな喪失感でした。このとんでもない不運は、モリス家が経験する前例のない事件ではありません。いつでも状況は、遅かれ早かれ悪化すると思われたのでした。

セスは午後の陽に背を向け、木の切り株に腰をおろしました。影が長く伸びて、前庭を横ぎり、家が建っていたところにまで達しそうです。運転手さんの知らせに対応するのに、なんでこんなに時間がかかっているのだろう。父さん、母さんに帰ってきてほしい。

むなしく心細い気持ちですわりながら、セスは自分たち一家が不運つづきだったことを思い出しました。セスのまだ短い人生のあいだに、一家は二十数回も引っ越しをしました。ほとんどが小さな農家で、現代的な快適な設備とは縁がなく、トイレは屋外だし、電気が通っていない家もありました。一家は農場から農場へと移り住み、何でも育つものを育て、何でも育つものか、バラして肉になるものを食べ、近所の人たちが自分では育てられずに求めて買ってくれるものを売りました。両親はまだ若いのに老《ふ》けこんでいて、楽しそうな顔を見たのはいつが最後だったか、セスは思い出せないほどでした。

セスには、自分も弟のサミュエルもいつも何かで悩んでいるように思えました。そしてそのいちばんの原因は、両親が楽しくないと決めてかかっている世界で楽しもうとしているせいじゃないか、と感じることがしばしばでした。父さんと母さんは、将来不幸に陥《おちい》ることに、あらかじめそなえてるみたいだ。人生の陰気な不満にぶつかるのは、早ければ早いほど楽だ、とでもいうように。夢をもてと言われたことなどなく、楽しみはほとんど認められず、ぜいたくはいっさい許されない。

とはいえ、そういうことが必要になるときもあるし、男の子だから、親にしかられても、好き勝手をすることはあったけどね。

灰がくすぶるなか、セスは煙をうつろな目で見つめながら、ここに来る前に住んでいた家を思い出していました。これまでで最悪だったかもしれないな。家はじつは家ではなく古い納屋《なや》で、窓はなく、でっかい扉がついていたっけ。床板の地面からの立ち上がりは、せいぜい数インチで、すき間が広く開いているから、リスやネズミが難なく出入りしてた。それもしょっちゅう。ほどなく、動物の出入りを防ぐ努力はやめてしまった。家の中で見るのに慣れっこになったんだ。あいつらも生活の一部だった。

その家というか納屋というか、呼び名はどうでもいいけど、建物はこれだけだったから、価値があると見なされたものはすべてその中にしまってあった。家畜のえさも大きな扉の近くの壁に積んであった。ある日、みんなが留守にしているあいだに、うちのラバが扉を蹴《け》り倒して入り、小麦粉や糖蜜やオート麦をむしゃむしゃと食べたんだった。戸口と枠の損傷がひどく、家の前面がゆがんでいて危険だった。だから、この元納屋を修繕するまでテント暮らしをすることになった。

セスは憶《おぼ》えていました。あの臭い元納屋を出られてうれしかったことを。いっそ家ごと崩れ落ちればいいんだ、と思ったことを。その夜、みんなでテントで眠っているあいだに願いは叶《かな》えられました。原因は不明でしたが、家屋から火が出て、たちまち燃え落ちてしまったのです。

あーあ、ぼくらが住むというと古い家がまる焼けになるって、どういうことなんだろう。セスは切り株にすわったまま、煙が立ちのぼるのを見やりながら、思いました。風向きが変わって、くすぶるがれきから上がる煙にとり巻かれ、涙が出てきます。煙から離れて、家のわきに立っている大きな木の下の丸太に腰をおろし、わびしい過去の思い出をたどりつづけました。

結局のところ、テントは避難所の用をなしませんでした。ラバのジュディが、納屋よりテントのほうが、よっぽどオート麦を盗み食いしやすいと気づいたからです。二週間のあいだにジュディがテントを五回ばらばらにすると、セスの両親は新しい計画を検討しだしました。そして畑を耕し、荷車を引くジュディは、農家には欠かせない存在だったために、銃で始末されはしませんでした。お母さんは、何度もジュディを殺しかけましたが。

そうして、セスと家族は、ほら穴に住むことになったのです。セスと弟は、何カ月も前からその古いほら穴のことは知っていました。両親が際限なく思いつくらしい仕事から逃れるために、よくそこへ行っていたのです。家族の誰にも、何もしないでぶらぶらしている、ただそこにいるだけの時間はありません。それは、小麦粉やせっけんやお金をまき散らすのと同じぐらい、むだなことと見なされました。水の扱いも気をつけなければなりません。ジュディの引く荷車に乗せた樽で運んでくるのですから。むだは許されません。時間をむだにしてはならないのです。

けれども、ある日の午後、セスたち兄弟は、また行方をくらましたジュディをさがしていたとき、そのほら穴を見つけました。地所の後ろ側で、オート麦の畑に近いけれど、畑からまる見えではありません。そこに穴があると知らないと、背の高い雑草と茂みとで隠されていて気づかないのです。セスとサミュエルは、ほら穴の秘密を守ってきました。ここは何としても、彼らだけの聖域にしておこうと誓いあったのでした。こんなすてきな隠れがが近くに見つかるなんて、ほんとうに運がいな、とよく言いあったものでした。そして、ほら穴にあまり行けなくても、ほとんどいっしょには行けなくても、兄弟ともにほら穴がそこにあることを知っている、そのことを大切に思っていました。

「おまえたち、この辺でほら穴を見たことないか?」お父さんが、がみがみ声で言いました。

セスはとたんにうつむき、かたずをのんで祈りました。サミュエルが、かけがえのない秘密を明かしませんように。身をかがめ、地べたから釘を拾いあげ、指先でいじりました。まるでそれが貴重品であり、お父さんのことばに耳を傾けるのと同時にこの重要な行為をおこなうことはできない、というように。

サミュエルは黙っていました。セスのほうを見てきますが、セスは冷静さを失うまいとしました。「エド・スミスが言うには、一九四〇年代に崖のふもとの茂みに古いほら穴があったそうだ」と、お父さんはつづけます。「けっこう大きくて、雨露をしのぐのにいいらしい。おまえたち、見てないか?」

セスはほら穴について何も知らないと言おうと思いました。そんな秘密を守っていたとばれたら、それは何より時間をむだにしていた証拠なので、困ったことになるからです(でもその反面、もしお父さんがほら穴をさがしあてて――きっとさがしあてます――セスがしらばくれていて、積んである石とか、数週間前になぜか消えてしまい、代わりにもっといいクッションが兄弟に与えられたジュディ用の古びた鞍《くら》ぶとんとか、集めてほら穴に隠しておいた雑誌や小間ものが見つかりでもしたら、とても困ったことになります。お話にならないほどのトラブル、考えたくもないほどのトラブルです)。

「うん、見たよ」セスはあんまり関心がなさそうな顔をしました。「気味悪いとこだよ」

サミュエルの体がぐらつきました。お兄ちゃんがあっさり白状してびっくりしたのです。驚いた目でセスを見てから、視線を落としました。あふれてきた涙を見られないように。この秘密のほら穴は、兄弟にとって、それはそれは大切なものでした。秘密が明かされ、隠れがは失われてしまいました。

「もしよかったら案内するよ。でも、父さんは気に入らないと思うな。暗いし、臭いんだ。それにどんな獣がねぐらにしているか知れやしない」

「どんなに気味悪かろうが、かまうもんか」お父さんはうなるように言いました。「家を建て直すには何週間もかかるうえに、あのあほうなラバが、テントを倒してばかりいる。ほら穴というのは名案だ。あたたかく過ごせるし、雨に濡れもしない。おまけに、もうそこに建っている。どこにあるんだ？」

「いま行く？」セスはききながら、内心びくびくしていました。ほら穴へ行って、じつはここによく出入りしていたという明らかな証拠を隠すための時間が必要でした。

「思い立ったらすぐ行動だ」お父さんは樽からひしゃくで水をすくい、ごくりと飲んで、袖で顔をぬぐいました。「さあ行こう」

セスとサミュエルは顔を見合わせてから、お父さんのあとをついていきます。もう死んじゃいそうだ、とセスは思いました。ひざががくがく震え、胸がむかむかしました。頭はめまぐるしく回転しています。どうしたらいいんだ？

トラックが一台、スリップして門のそばにとまり、怒った農家の人が激しく警笛を鳴らしました。

トラックの踏み板に立って、丘の中腹《ちゅうふく》にいるセスのお父さんに向かってどなります。

「おまえのとこのウシめが、フェンスをまた壊しやがった！　あれを見かけたら撃つぞと言っといたろうが。うちの牧場からとっととどけろ。フェンスも直してもらうからな！」

セスは視線が宙に舞い、心臓がさえずりはじめました。このご近所さんが「ウシめ」と呼ぶやつのおかげで、命びろいしたのでした。

お父さんはその場で立ち止まって、何かつぶやきましたが、金網と道具をとりに物置に向かいました。

「いっしょに行くよ」セスは元気に言いました。

「何を喜んでるんだ？」お父さんはがみがみと言いました。

「べつに」とセス。「何でもない」

第2章　新しい住まいへ

トラックのドアがばたんと音をたてて、セスは現実に引き戻されました。家だったものへ目をやると、もはやそれは、くすぶっているがれきの山にすぎません。家がまるごと焼け落ちるまでは、あっというまでした。

お母さんのあえぎ声が、そして、セスがこれまでに聞いた記憶のないものが聞こえました。お母さんは泣いていたのです。

お父さんは丘をのぼってきて、丸太のセスの横に腰かけました。お母さんはトラックの踏み板に背を丸めてすわって、静かにすすり泣いています。小さな体をがたがた震わせると、ばねの弱ったトラックも上下にはずみました。

深い深い悲しみが、セスの胸に押し寄せてきました。あの古いあばら家のことはどうでもよかったけど、お母さんが大きな喪失感を味わっているのは明らかです。ぐったりして、打ちひしがれています。

こんなお母さんを見るのは、はじめてでした。へたになぐさめようとしてはならないと、わかっていました。

「そっとしておいてやれ」お父さんは言いました。

頑固で意地悪なぐらい強い母さんは苦手だけど、泣かれるより絶対いい。母さんは何があっても、いつも強いんだ。

セスは何年か前に、学校から歩いて帰ったときのことを思い出しました。登下校仲間のローランドは、ひとつかふたつ年上で、とても物知りで、セスは夢中になって話を聞いていました。

ある日、ローランドは、ポケットからマッチ箱をとりだすと、セスにマッチ棒の正しい投げ方を教えてくれました。いわばそれは、やり投げの要領です。そうやって石のように硬いものにきちんと当てれば、マッチはぱっと炎をあげます。むずかしいけれど、とてもおもしろい遊びでした。

ローランドとセスは毎日マッチを石に投げつける練習をしてきて、だいぶ上達しました。そしてある日、マッチがぶつかった乾いた草に火がついたのです。あっというまのことでした。セスとローランドは踏み消しにかかりますが、風が吹きつけてきて、炎はたちまち広がっていき、とても男の子ふたりでは消せないほど多くの火の手があがりました。炎は農家から農家へと広がり、何エーカーもの土地を焼きました。セスはいまでも、何時間も消火作業をしたあとで、服も肌もすすだらけになって、家に帰ってきた両親の姿を憶えています。疲れはててしまい、体を前に進めるのがやっとのありさまでした。火を消すのに使って焼けこげ、汚れ、濡れた麻袋を引きずっていました。セスは、両親の顔に浮かんだ表情をけっして忘れないでしょう。失望、怒り、嫌悪……すべては苦痛をともなう肉体の疲労で弱められていました。こんなに悪いことをして、まだ生きていられるのがふしぎでした。これと比べたら小さな悪さは山ほどやらかして、たたかれたり、罰を与えられたりしてきたのに。でもセスは、理由を知るために話をもちだすほど、ばかではありません。これは宇宙の大いなる謎にしておこうと思いました。

セスはあの暗黒の日々をふり返りながら思いました。母さんがこんなふうじゃなくて、怒っているか、へとへとになっていればいいのに。お母さんの怒りへの対処のしかたは、セスに向けられた怒りであっても、心得てきていました。けれども、こんなに弱った姿は見たことがありません。

「サミュエルはどこ?」お母さんの声が聞こえました。

セスはお母さんが口をきいてくれて、うれしかったので、悩むのはやめて、弟の居所へ頭を切り替えました。

「ウィテカーさんの家で、バスを降りたよ。きょうは芝刈りの日だから。終わって、雨が降っていたら、送ってくれるってことだった。ぼくが迎えにいこうか?」

「いいえ、もうじき戻るでしょう。あの大きなブラシを使って、家畜小屋のえさやり場を掃除してちょうだい。毛布をドアに掛けましょう。それから、あの古い角灯がまだつくか確かめて。わたしはバケツにヤギの乳をしぼるわ。慎重にしないといけない」お母さんはつぶやきました。「夕食はそれしかないんだから」

お母さんのピンチへのみごとな対応には、セスはいつも驚かされました。ベテランの訓練兵のように命令を発し、秩序をもたらします。そしていまは、セスにはそれが、ちっともいやではありませんでした。この状況のもとで、心があらためて澄みわたるようでした。セスはすぐさま行動に移りました。元気になって、奮い立っています。お母さんはヤギを追いつめ、乳しぼりにかかります。母さんってほんとにすごい人だ、とセスは思いました。

　家を建て直すことはないでしょう。モリス家の全財産よりはるかにお金がかかるし、おまけに、ここは自前の土地ですらないのです。大家さんはあのあばら家に保険はかけていなくて、建て直すつもりなどさらさらありません。だからセスの両親は、いままた引っ越すことを決心したのでした。

第3章　ソロモンって誰のこと？

山あいの町にさんさんと太陽が降りそそぐ、あたたかな午後でした。というか、サラは早くも、この日がことし最高の日和だと決めていました。そして、この格別に美しい日を祝うために、町でいちばんのお気に入りの場所へ、サラの寄りかかれる手すりのところへ行くことにしました。サラの寄りかかれる手すりと呼ぶのは、町のほかの誰もこれがあることに気づいていないらしいから。ここに来るというと、どうしてこうなったのかをサラは思い出しました。大通りの橋につけられた金属の手すりが川のほうへ曲がったのは、町の農家のトラックが犬をひきそうになって、ぶつけてしまったからです。散歩が好きな人なつこい犬のハーヴィーは、毎日、車のあいだをぬうように歩いていました。みんなが自分のためにとまるか、よけるかしてくれるものと思っていて、ずっとそのとおりにしてもらっていたのです。あの日、誰にも被害がなくて、サラはほっとしました。ひかれても自業自得だったと多くの人が考えたハーヴィーにも、怪我《けが》ひとつありませんでした。あの日のことを思い出しながら、サラは胸でつぶやきました。猫には九つ命があるというけど、犬は聞いたことないわ。

サラは手すりにもたれ、下を流れる川をぼんやりとながめました。大きく息を吸って、芳しい川のにおいを楽しみます。こんなにいい気分はいつ以来かしら。「わたし、自分の人生を愛してる！」サラは宣言しました。元気はつらつ、意欲がふくらんでいます。

「さてと、もう行かなくちゃ」サラはつぶやいて手すりから身を起こし、橋の上に積んでおいた、教科書の入ったかばんと上着を拾いあげました。まだ橋の上に立っていたときに、荷物の積みすぎで車体が沈んで、がたがた鳴っているモリス家のトラックが通りかかりました。サラの目をひいたのは、不調でやかましいエンジン音でもなければ、ルーフに縛りつけられた木箱の中のニワトリでも、トラックの後ろからよろよろと進んでいる年寄りのヤギでもなく、後部に乗っている少年の興味あふれるまなざしでした。サラと目が合った瞬間、おたがいに昔からの友だちに会ったかのように感じられました。そしてトラックは、ブルブルと音をたてながら道を先へ進んでいきます。サラはかばんを背負うと、交差点に向かって駆けだし、トラックがどこに止まるかを確かめようとしました。旧サッカー家にとまったみたい。ふうん。

サラは足どりを速めて、サッカー家に向かいました。何が見つかるのか興味津々《きょうみしんしん》です。

お年寄りのサッカーおばあさんは亡くなったと聞きましたが、元の家はどうなるのか、深く考えたことはありません。おばあさんのご主人はサラが生まれる前に亡くなっていて、サラがあいさつしてきた相手はずっとサッカーおばあさんでした。お子さんたちのことは知りません。サラがひとりで町を歩けるようになったころには、みんな大人になって家を出ていたからです。何年もかかって、この自立した老婦人の生活パターンになじんできていたので、おばあさんが逝ってしまって、胸にぽっかり穴があいたようでした。

ドラッグストアで、サッカーおばあさん（町のみんながこう呼んでいました）のうわさがサラの耳に入ってきました。「あの親不孝どもめが、葬式にも来やしないとはな」店主のピートさんが、こぼしました。「けど、もうじき、ばあさんが残した金をごっそりいただきに現れるぞ。まあ見てるがいい」

サラは歩きながら気分がだんだん悪くなってきました。その理由もわかっています。「ソロモン、わたし、誰にもサッカーおばあさんの家に引っ越してきてほしくないの」と不満を口にしました。「ソロモン、ねえ、聞いてる？」

「ソロモンって誰だい？　誰に話してるの？」サラの後ろから少年の声が聞こえました。

盗み聞きされたことに驚いて、サラはくるっとふり向きました。きっと顔が赤くなっています。この子、いったいどこから出てきたの？　すっかりまごついていました。こんなことが起こるなんて信じられない。ソロモンと話しているのを聞かれたのは、はじめてでした。

質問に答えるつもりはありません。ソロモンのことは誰にも話していないのです。見ず知らずの相手に、この何より重大な秘密は教えられないわ。

びっくり仰天《ぎょうてん》の話でした。去年、サッカーさんの地所の細い道で出会ったフクロウが、話すことができて、ソロモンという名前だなんて、いったい誰が信じるかしら。しかも、弟のジェイソンとその友だちのビリーに撃ち殺されてしまったあとでも、まだ、そのソロモンと話せるだなんてね。サラにはわかっていました。頭の中にソロモンの声が聞こえることなど、誰も信じるはずはないと。

この素晴らしい経験を誰かと分かちあいたいと願った時期もあったものの、危険すぎる気がしました。もしも誤解されたら、すべてが台なしになるかもしれない。けれども、サラはソロモンとのやりとりが好きでした。この特別な友だちを独り占めにできることが。サラの尋ねることに何でも答えてくれる最高に賢い友だちを。いつもここぞというときに現れて、サラが理解したいことを明快にしてくれる先生を。

「恥ずかしがることないよ。ぼくも独りごとはいつも言ってるから」セスは言いました。「自分で自分に答えたりしないうちは心配ないってさ」

「そ、そうね」サラは口ごもりました。まだほおが熱く、ばつが悪くて、うつむいてしまいます。深呼吸をして、顔を上げました。すると、またあの目と目が合いました。どこかで見たような目。古くからの友だちのような目です。

「ぼくはセス。ここに住むことになりそうなんだ。ここというか、あそこ」と元サッカー家のほうを指さしました。

「わたしはサラ。家は川向こうの、道をずっと行ったところよ」サラは声が震えました。それですっかり動揺してしまいました。

「父さんから、小川の水は澄んでいるか、どれぐらい遠いか、見てくるように言われたんだ。もう帰らなくちゃ」

サラはほっとしました。とにもかくにも逃げだしたかったのです。まだこの町に来て一時間とたっていないのに、サラの人生でもっとも重大な秘密に首をつっこもうとした、見知らぬよそものの少年から、なるべく遠くへと。

第4章　万事良好

「サラ！」セスが声をかけてきました。

サラは前進しながら、ふり返って声の主を確かめ、「あら、元気？」と、おずおずと尋ねました。

足を止め、セスが追いつくのを待ちながら、かばんを逆の肩に移しました。妙に複雑な気持ちでした。セスに心を引かれている自分もいます。どうしてかしら。会ったばかりで、相手のことは何ひとつ知らないのに。セスに消えてほしい、と願っている自分もいます。サッカーおばあさんの家から去ってほしい。サッカーさんの土地の小道には近づかないで、ソロモンについて何も気づかないでほしい。

セスは駆け足で追いつくと、上着を脱いで肩にひょいと掛けました。サラは緊張して、避けられない質問に身がまえました――〝ソロモンって誰なの？〟

「よかったら、代わりに持ってあげるよ」セスは礼儀正しく申し出ました。

サラは一瞬口ごもりました。ソロモンのことをきかれると思いこんでいたので、セスが実際には何と言ったのか聞き逃してしまったのです。

「何ですって？」

「かばんを持とうかって言ったんだよ」

「ううん、いいの。だいじょうぶ」サラは深いため息をつき、ちょっと気がほぐれました。

「きみはここに長いこと住んでるの？」

「ええ、生まれてからずっとよ」

「生まれてからずっと？　ほんとに？　びっくりだな！」

びっくりしたのが、いい意味でなのか、悪い意味でなのか、サラにはぴんときません。

「どうして驚くことがあるの？」サラは尋ねました。「ここでは多くの人がずっとここに住んでるけど」

セスは口をつぐみました。自分のまだ短い人生のあいだに一家が何カ所に住んできたか思い返していたのです。生まれてからずっと同じ場所に住むというのはどんな感じなのか、ほとんど想像がつきません。そういう定住生活にあこがれていました。一学期たりとも、一カ所にとどまったためしがないのです。来る年も来る年も同じクラスメイトたちと同じ教室にいるだなんて、とても想像できない世界でした。「友だちがたくさんいて、きっと楽しいんだろうね」

「ええと、みんなが友だちってわけじゃないのよ」サラはため息をつきました。セスは言いました。「名前を知ってるだけで友だちとは言えないでしょ。あなたはどこから来たの？」

セスはあざけって笑いました。「どこからだって？　どこからでもないさ」

「教えてよ」サラはせがみました。「どこかから来たはずだもん。ここに来る前は、どこに住んでたの？」

「アーカンソーだよ。でも、あまり長くそこにはいなかった。ひとつところに長く住んだことがないんだ」

「楽しそうね」サラは、自分の小さな山あいの町はすっかり探索《たんさく》しつくしていました。「いろんな場所に住んでみたいな。この町はとても小さくて、見るほどのものもないわ」

セスは、さすらいの暮らしにサラが興味をもったらしいのが気に入りました。サラも、セスがソロモンのことを詮索《せんさく》しないとわかって、気が楽になりました。

ふたりは交差点のまんなかで足を止めました。セスはここの角を曲がって家に向かい、サラはあと一ブロックまっすぐ歩きつづけると家に着きます。「あなたが住んできた町の話が聞きたいわ」

「うん」セスは、ためらいつつ答えました。本心では、サラにそんな話はしたくありません。これまで住んできたとこは、あまり好きじゃなかったよ。「ここを案内してもらえるかな。見て楽しいものってあるよね」

「いいわよ」サラは答えましたが、このちっぽけな町でセスに見せるものなど、ほとんどありはしません。セスはさまざまな土地に住んできたのですから。まあ、一時間もあれば、知ってる場所はぜんぶ案内してあげられるわ、とサラは皮肉っぽく考えました。

「じゃあね」セスは通りを曲がりました。

「じゃあ」サラは言いました。

やあ、サラ。頭の中にソロモンの声が聞こえました。

とたんにサラは、セスのほうへふり向きました。ソロモンの声が聞こえることに慣れてしまっていたので、ほんの一瞬、セスにも聞こえたかと思ったのです。

その瞬間、セスはサラをふり返っていました。サラはぎこちなげに手をふりかけます。セスも同じことをしました。

「ああ、もういや」サラは声をひそめて言いました。どうしてセスは、ソロモンと話すのをじゃましてくるの？　セスが聞いたはずはないわ。だって、ソロモンの声はほかの誰にも聞こえないんだから。それでも全体の状況と、ソロモンが声をかけてきたタイミングに、サラは混乱していました。

セスが立ち去るのを確かめようと思い、角を曲がって、姿が消えるのを見届けました。

「こんにちは、ソロモン」

セスと会ったんだね。

「セスのことを知ってるの？」サラはうっかり言ってから、ちらっと笑いました。ソロモンは何だって知っているのです。

そうだよ、サラ。セスのことはかなり前から知っていた。まだ現実に会わないうちから、きみたちふたりが出会うのを喜んでいたんだ。

「わたしたちが会うってわかってたの？」

セスが人生で味わった経験は、思考の焦点を定めた質問をたくさん生みだしてきたんだ。ぼくの経験にセスが入りこんでくるのが感じられた。だから当然、セスはきみの経験にも入りこんでくるわけだよ、サラ。ぼくたちは同じ羽毛の鳥たち、似たものどうしなんだ。

「ほんとうに、ソロモン？　セスはあなたと、わたしと似ているの？」

ほんとうだよ、サラ。熱心な探求者、生まれながらの改良家——そして真の教師。

サラの胸が不快さでうずきました。サラは、ソロモンとの関係をとても大切に思っていました。こんなよそものの男の子とそれを分かちあうのは気が進みません。

万事は良好だよ、サラ。きわめて良好だ。ぼくらは三人いっしょに、素晴らしい時間を過ごせるだろう。

「あなたがそう言うなら、ね、ソロモン」

弟のジェイソンが追いつこうとして、走ってくるのが見えました。ソロモンとの会話を盗み聞きされるのは、もうたくさんです。

「ありがとう、ソロモン。またあとでね」

ソロモンは微笑しました。サラは、ほんとうに成長が早い子だ。

第5章　セス、小道を見つける

「やあ、調子はどう?」サラは帳面から目をあげ、笑顔をつくりました。セスがとなりの椅子に腰かけてきたのです。学校の上の階にある、めったに使われない図書室で、司書の先生がきびしい目つきで見上げてきて、おおっぴらにしゃべるふたりを黙らせようとしました。「べつに」とサラはささやきました。

セスに日記を読まれたくなくて、帳面をそそくさと閉じました。サラが学校でとくに好きなのが、授業のための特別なテーマで日記を書くことです。絵はうまくないけれども、テーマに関連した記事や写真などの切り抜きをきれいに並べて、授業用のページを埋めました。先生からはよくできているとほめられることが多いものの、同じぐらい、たいがいはクラスメイトからばかにされました。自分が過激な考えに走りがちなのは承知のうえで思いました。先生から認められれば、クラスメイトから認められなくたって、いいんだもん。そうして、サラはおおかたは楽しく日記をつづけていました。

きょうの日記は葉っぱについて。サラは林や茂みや堀端や花壇からたくさん葉っぱを集めてきて、それぞれが何という葉かをつきとめようと、せいいっぱい努力していました。葉っぱについての本を目の前のテーブルじゅうに広げて調べましたが、ほんのわずかしか名前がわかりません。身のまわりのこと、生まれたときから自分のまわりにあったことをほとんど知らない自分に、サラは驚きました。学ぶべきことって、たくさんあるんだわ。

「葉っぱが好きなの？」セスが、サラの前に広げられた本を見て尋ねました。

「うん、まあね」サラはわざと退屈そうに答えます。「集めた葉っぱの種類を調べてるの。授業で使うから。こういうの、あまり得意じゃなくて」

「葉っぱにはくわしいよ」とセスは言いました。「自分が住んでたとこの葉っぱならね。ここのとはちがうけど、同じのもある。もしよければ、知ってる葉っぱを見せてあげるよ。もしよければ、だけど」

サラは自分の課題に人をかかわらせるのは気が進みません。これまでうまくいったためしがなかったからです。自分は「全か無か」のタイプだとよく思いました。つまり、課題を与えられると極端にがんばったり、興味がないと手つかずになったりするのです。ほかの人がサラと同程度にテーマに熱心に取り組むことも、まったく熱が入らないことも、めったにありません。そして、たいていは気分を害してしまうのです。

「うーん、どうかなあ」サラはためらいました。「これは自分でやるほうがいいかも」

「そう、わかった」とセス。「でも、もし気が変わったら言いなよ。名前がわかれば、本で調べるのもずいぶん楽なはずだから。ぼくは高い木とか低い木とかの名前をたくさん知ってるよ。おじいちゃんが木のことは何でも知ってるんだ。薬にしたり食べたりしてる。おじいちゃんが言うには、人に必要なものは外で育っていて、誰にでも見つけられるのに、ほとんどの人はそれがそこにあるのを知らないんだって」

セスの言うことは、もっともでした。サラは、お昼休みのおおかたを費やして本という本を調べ、やっと日記に押し葉にしていた大きな赤い葉の写真が見つかったような始末でした。セスは大いに時間を節約してくれるかもしれない。それにあまり押しつけがましくなくて、親切に思えるわ。

「そうね、じゃあ、行く。きょうの放課後でいい？」

「オーケイ」とセス。「学校の旗の下で待ち合わせをしよう。先週末にいい場所を見つけたんだ。ここからそんなに離れてない、小川の先のほうだよ。丸太の橋から遠くない。古い大木や低い木が茂っていて、いい感じの細い道があるんだ。そこへ行こう」

司書のホートン先生が、顔を大きくしかめて立ちあがりました。セスとサラが声を出して話していただけでも悪いのに、セスはいまや図書室の端から端まで声を送っていました。

ドアがばたんと閉じると、サラはセスが語っていたことに気づいて飛びあがりました。サッカー家の小道。セスはサッカー家の小道を見つけたんだ！

第6章　よみがえり？

サラは校旗《こうき》の下で待っていました。こうすることに同意したなんて自分が信じられない。声をひそめてぼやきました。だって、サッカー家の小道はわたしの秘密の場所なのに……。遅かれ早かれ見つかるのはわかっていた。ただ、もっとあとになると思ってたんだわ。

腕時計を見て独りごちました。「セスったらどうしたの？」そのとき旗ざおの土台のところに折りたたんだ紙がはさまっているのに気づきました。小さな文字で〝サラへ〟と記されていました。開いてみると、こう書いてあります。〝サラへ。家への道が分かれる角のとこで待ってる。いいもの見せてあげる。葉っぱがジャングルみたいに茂った小道さ。じゃあね！〟

サラはとても複雑な気持ちでした。セスのことはもう好きになっていました。そして、あちこちに住んできた人が、サラが生まれたときから住んでいるこの小さな山あいの町に興味を引かれるものがあると思うと、いい気分でした。それでも、サラだけの秘密の場所がこんなに早く見つけられるのは、いい気がしませんでした。

セスがいつも家に帰るときに曲がる角に近づくにつれ、サラには見えてきました。道が交差する

まんなかに石が置かれ、その下でまた紙が一枚、はためいています。「いったい何なの？」サラは笑いました。「ほんと、おかしな子ね」

手紙にはこうありました。〝右に折れて橋を渡って、ぼくの家を通りすぎて、すぐ左だ。見づらいけど、細い道がある。進んでいって。そこで会おう〟

ああ、もうまちがいない——セスはサッカー家の小道を見つけたんだ。

「そりゃそうよ。見つけないはずないわ。だってここに住んでるのよ」サラは、避けがたいことが起こったのを苦々しく思って、愚痴《ぐち》をこぼしました。

手紙をまるめて、ポケットへ。「わたしの小道へ行くのに、案内なんかいるもんですか」と声に出して言いました。橋を渡り、セスの家を通りすぎ、とても慣れ親しんできた最愛のサッカー家の小道を進んでいきます。

歩くうちに、この小道の思い出があざやかに頭の中で動きだして、サラは映画を見ているかのようでした。弟のジェイソンにしつこく言われて、いやいや足を進めていたことを思い出しました。ジェイソンは、それまで見たこともないほど興奮した顔で、ソロモンという名の巨大なフクロウが雑木林《ぞうきばやし》に隠れてるんだ、と言い張ったっけ。あのときはむだ足だった。フクロウが見つからなくてすごくがっかりしたけど、うるさい弟に、がっかりしたことを知られちゃいけないと思ったんだわ。

長く暗い小道を進みながら、静けさと安らかさのおかげで、サラの緊張がほぐれてきます。角を曲がり、あの日、ソロモンが止まっていた柵《さく》の柱が見えると、顔をほころばせました。あの大きく、やさしくて、愛すべき、とても賢いフクロウがそこで待っていてくれたのを思い出したら、目に涙があふれました。

奇妙だなあ、とサラは思いました。ソロモンはいまでも生活の大きな部分を占めている。つまり、ほぼ毎日ことばを交わしてるのに。それでも、ソロモンの美しい姿が見えないのは、あのふしぎな目をのぞきこめないのは、さびしい気がするのよ。

ソロモンの物質的な姿形をまだ恋しがっているのは、ちょっと恥ずかしいことでした。「死なんてものは存在しない」とソロモンが説明してくれた意味をのみこんで、ふたりの関係はつづいていくと、ちゃんとわかっていました。ほとんどの日には、昔のソロモンをなつかしむことはなく、いまのソロモンを完全に受け入れていました。だけど、はじめて会ったこの場所に、ジェイソンとビリーがソロモンを撃った地点から、ほんの数フィートのところに来たとたん、サラのふだんの心のバランスが崩れ、羽の生えた体をもつ昔の友だちが恋しくなっていました。

葉っぱの中で何か動くのを目の隅で認め、サラは心臓がのどもとへ跳ねあがりました。そこはまさしくソロモンが死んだ場所だったのです。一瞬、思いました。ソロモンったら、生き返ることにしたのかな。

あれはいったい何なの？　サラは目をかっと見開いて、雑木林の木陰の葉の下で動いているのが何か、見きわめようとしました。

近づいてみて、あっと息をのんで飛びのきました。ソロモンが息絶えていたその場所に横たわっているのはセスでした。葉っぱに半分うもれ、目を閉じ、舌が口の端から垂れています。サラは口も利けず、棒立ちになっていました。「スス……スェ……セス」どもりながら呼びかけます。「だいじょうぶ?」

だいじょうぶなはずない。ひどい顔してるもの。サラは立ったままで、じっと見つめます。強くかんだ唇に血がにじみ、涙がほおを流れ落ちました。

「やだなあ、サラ、そんな深刻な。ただの冗談だってば!」セスが、さっと起きあがって、頭から葉っぱを払いながら言い訳をしました。

「大っきらい!」サラは言い放ってセスにくるりと背を向け、雑木林から去っていきます。「よくもやったわね!」と叫びながら、全速力で走り去りました。

セスはびっくり仰天でした。まさかサラがこんな反応をするなんて。なぜだか地べたに横たわり、葉っぱに半分うもれ、死んだか重傷のふりをしたくてたまらなくなったのです。降ってわいたような考えでした。ひどい思いつきだったとわかりました。

「サラ、待ちなよ。どうしたんだよ?」セスは呼びかけました。「ねえ、冗談だってば。葉っぱをさがすんじゃないの?」

サラは答えませんでした。

第7章　生まれながらの改良家

授業がひどく長く感じられた一日でした。

セスが追いつこうと走ってくるのがわかったけど、サラは足を止めて待ちはしません。きのうのひどいいたずらをまだ怒っていました。あっさり許すもんですか。それどころか、もう二度と口を利いてやらないんだ、と決心を固めていたのです。

セスにはわかりませんでした。とても無邪気ないたずらを笑ってもらえると思ったのに、サラにはどうして裏目に出たんだろう。セスの選んだのが、まさにサラの最愛のソロモンが死んだ場所だったとは、知るよしもありません。

セスが追いつき、「ねえ」と、おそるおそる声をかけました。

サラは返事をしません。

ふたりは黙って歩きました。セスはいろいろと言うことを思いうかべますが、頭の中で練習してみると、どれもだめなように聞こえました。

サラの弟のジェイソンとその友だちのビリーが自転車でわきを走りました。「やーい、サラに彼氏ができた。サラに彼氏ができた」声をそろえて、はやしたてていきます。

「うるさい！」サラはどなり返しました。

一匹の猫が、サラとセスの目の前で歩道をさっと横ぎりました。セスがびっくりして、ひょこっと飛びはねます。サラは笑い声は抑えたものの、顔はほころんでしまいました。これで緊張がとけました。

「うちで飼ってた猫を思い出すなあ」とセス。

サラは、猫が低い茂みのなかに駆けこむのを見送りました。何度も捕《つか》まえようとしたけど捕まらない、あの子だわ。人になれず、汚らしくて、すばしこい猫でした。

「へえ、そう」サラはどうにかこうにか、セスへの怒りを保とうとしました。

「うちでは猫のこと〈三脚〉って呼んでたんだ」セスはサラから何か反応がないかと期待していました。

期待どおりでした。

「三脚？」サラは問うのと同時に笑いました。「おかしな名前」

「それがさ」とセスは悲しげに顔をうつむけました。「足が三本しかなかったんだ」

サラはうっかり笑ってしまいました。かわいそうな足をなくした猫を笑うなんて、よくないことですが、三本足の猫と名前の組み合わせに不意をつかれ、こらえきれませんでした。

セスは、サラがまた口を利いてくれたのを喜びました。

「〈三脚〉の足はどうしたの？」サラは尋ねました。

「わからなかったんだ。たぶん罠にかかったとか、ヘビにやられたとか」

サラは縮みあがりました。

「そうだ、二本足の猫も飼ったことあったよ」セスは大まじめに言いました。「そいつのことは〈ルー〉って呼んでたんだ。わかるだろ、カンガルーを短くした名前さ」

サラは笑いました。後ろ足でぴょんぴょん跳ねまわる猫を想像したのです。でも、これはセスの作り話じゃないのかな。三本足と二本足、両方の猫を飼うなんてありそうにない。

「やだ、あなたのうち、猫をいじめたんでしょ！」

「ああ」セスは重々しく言います。「一本足の猫も飼ってたよ」

「へええ、そう」サラは皮肉っぽい声になりました。やっぱりセスの作り話なんだわ。「その猫のことは何て呼んでたの？　ホッピング・スティック？」

「ううん、キュクロプスさ。一つ目の巨人のことだよ。目もひとつしかなかったんだ」

サラは吹きだしました。セスを怒るより、セスに楽しませてもらうほうがずっといいわ。角に来たところで、セスは自分の家のほうへ曲がりました。サラを笑わせ、また遊んでもらえるようになって、にこにこしていました。一方、サラは、田舎道をまっすぐ自分の家のほうへ歩きつづけました。ああ、笑った、笑った。セスは悲劇を喜劇に変えられる、ふしぎな才能に恵まれているのか、それとも、これまで会った中でいちばんおかしな子、というだけのことかしら。でも、どのみち、こんなに笑ったのは記憶にありません。きっと猫なんか飼ったこともないんだわ。サラは口もとがほころびました。

「ねえ、サラ、さっき自転車に乗ってたのは弟?」セスは大声で呼びかけました。

「うん、弟」サラは声を返しました。「あなたはじきにあの子と会うとは思ってた。ただ、もっとあとでよかったのに。もっとずっとあとで」

「ねえ、セス」とサラは声を張りあげました。セスがまだ聞こえる距離にいるかどうか、わからなかったからです。

セスは笑顔でふり向いて、立ちどまりました。

「猫って九つ命があるっていわれてるんでしょ」

「ああ、だから猫は死なない。命の一部をなくすだけだよ」セスは答えました。「それに命の数は十四とか、もっと多いんじゃないかな。忘れちゃったけど」

サラはまた笑いました。

「それは人間も同じことだと思うよ!」セスは叫びました。

サラは道を進みつづけました。セスってどういう子なんだろう。謎めいた、悲劇的とも思える人生を送っているけど、とても興味をそそられる少年だ。それにおかしい。笑わせるために作り話をしているのか、それとも悲惨にならないようにおかしくしているの? 命が十四あるってどういうこと? あれも冗談だったのかしら。

ぼくたちは同じ羽毛の鳥たち、似たものどうしなんだ。サラはソロモンが言っていたことを思い出しました。熱心な探求者、生まれながらの改良家——そして真の教師。

サラはほほえみました。「とてもおもしろいことになりそう」と声に出して言いました。

第8章　ソロモン、心の中をのぞく

サラは玄関ポーチで、家にひとりでいることを楽しんでいました。両親はまだ仕事から戻らないし、弟はたいがい放課後にすることがあります。柱にもたれてソロモンのことを考えました。

「ハーイ、ソロモン。わたしと話せなくてさびしかった？」

いいや、サラ。ちっとも。ソロモンの声がすぐ後ろから聞こえました。

サラは笑いました。まったく同じことばでのやりとりを何度もしていました。はじめてソロモンがこう答えたとき、サラは驚くのと同時に傷つきさえしました。「ちっともさびしくなかったっていうの？」

ソロモンはそこで説明しました。いつもサラのことを意識している。サラがソロモンのことを思っていないとき、ソロモンと話していないときでも、彼のほうはかならずサラをじゅうぶんに感じているのだ、と。だから、さびしく思う理由なんかない。だってサラがソロモンの意識から消えることはないのだから。サラはその説明が気に入りました。

最初は、誰かがいつも自分のことを意識しているのは変な感じでした。どこにいても、何をしていても、ソロモンにのぞき見られていると思うと、いい気持ちはしません。でもやがてソロモンをよく知るようになると、生活をのぞかれてもまったく気にしなくなっていました。というのもソロモンは、いつも自分が見るものを喜んでいたようでしたから。サラのお行儀が悪いとしかることも、サラのしたことで不愉快になることもありません。むしろソロモンは、無条件の愛を与えつづけ、サラが求めるときだけ導いてくれるのでした。

「元気だった？」サラはかん高い声できます。ソロモンの答えはわかりきっているけど、いい気持ちになれるから、本人の口から聞きたかったのです。

気分は上々だよ、サラ。きみも元気そうだね。

「うん」サラは楽しそうに答えました。いまより楽しかったことなど思い出せません。

きみと新しい友だちのセスはすごく楽しい時間をともにしているね。とてもいいことだ。

「ええ、ソロモン。ほかの人といてこんなに楽しいの、はじめて。奇妙なことね。セスはこれまでに知りあったほかの誰ともちがうの。まじめなんだけど、おかしい。とても頭がいいんだけど、ばかもやるし、ふざけたがる。暮らしはたいへんなのに、わたしといるときは明るくてのんきだわ。セスのことがわからない」

セスはこの一瞬を生きられるようになった、めずらしい人間なんだよ。前に起きたことに対する感情を持ち越すんじゃなく、いま現に明らかに共有している時間へ反応するようにしているんだ。セスもきみといるのが楽しいんだよ、サラ。

「あの子から聞いたの？」と言ってから、サラは笑いました。ソロモンはその人の考えを知るために会話をしなくてもいいのだ、と語ったばかりなのに。いつでもソロモンは人の考えや感情をわかっているのでした。

セスは何より、いい気持ちでいることを求めている。そして、きみといると、ちょうどいい感じなのさ。きみがセスの最良の部分をひきだしているんだよ、サラ。

「だといいけど。でも、そうしようと意識してはいないわ、ソロモン。ただそうなるだけ。セスもわたしの最良の部分をひきだしてると思う」

きみたちがそんな素晴らしい時間をともにしていて、とてもうれしいよ。自分と同じくいい気持ちでいたい相手と出会えるのは、いつだってありがたいことだ。ふたりが会って、いい気持ちでいたいという願いを共有していたら、そこから、かならず素晴らしいことが起こる。

きみたちふたりは改良家なんだよ、サラ。何よりの喜びは、人をよりよい気持ちにさせることだ。それが世界をよくすることなんだ。

いっしょに素晴らしい時を過ごせるよ、サラ。ぼくは確信している。

第9章　アーアー……ばしゃん！

終業の鐘が鳴ってから、もう十五分近くがたっていました。サラは校舎の前の旗ざおの横で待っていました。大きな扉が開いて、ばたんと閉じて、つぎからつぎへと生徒たちが校舎をあとにしていきます。ここで、セスと待ち合わせの約束をしていました。見せたいものがあるんだ、きっと気に入るよ、と言われたのです。腕時計を見て、場所か時間をまちがえたかしらと思ったそのとき、大きな扉が開いて、セスの登場です。遅いよ！

「ごめん、サラ。うっかりラルフ先生にあいさつしちゃったんだ。そしたら、荷物を車に載せる手伝いを頼まれてさ。はいって答えたけど、まさか一マイルも離れたところに駐車してあるとは思わなくて。おまけに荷物が四十七個もあるなんてね。ハローって口にした瞬間に、しまった、とんだへまをやったと思ったけど、ひっこみがつかなくてさ」

サラは笑いました。サラ自身もラルフ先生の荷物運びは何度もしたことがありました。ラルフ先生は美術の担当なので、毎日、先生の持ちものの半分は家と学校とを行き来しているように思えました。

「あの先生の部屋のわきは通らないわ」とサラ。「以前は通ってたけど、いまは遠まわりしてる」また笑いました。

「やけに廊下ががらんとしてると思った」とセス。「ぼく以外はみんな、手伝ってくれる生徒をさがして先生がうろついてるのを知ってたんだね」

サラは、ほんとうは、ラルフ先生を手伝うのにやぶさかではありませんでした。先生の授業は受けていなかったけど、この新任のきれいな女の先生がいい授業をしようと励んでいることに感じ入っていたのです。

「ラルフ先生の手伝いなら喜んでするけどね」セスが言いました。「先生、がんばってるもん」

サラはにっこりしました。わたしの心を読んでるみたい。

「ただ、こんな長くかかると思わなくて。待たせて悪かったね。行こうか?」

「うん」サラは言いました。「何なの?」

「見てのお楽しみだよ」

「教えてよ!」サラは思わず言いました。

セスはふふっと笑いました。「だめだめ、自分で見なきゃいけないんだ。サッカー家の小道から遠くないとこだよ」

サラはまた不快なうずきを感じました。サラの知るかぎり、ほかには誰も、サッカー家の小道やそのまわりで過ごした人はいません。それがサラには好都合でした。独り占めにできるのが気に入っていたのです。

　ふたりは車の跡が多い道を進んでから、ひょいと身をかがめるようにして、サッカー家の小道へ入っていきました。

「ねえ」とセスが言いました。「ここへ来るほかの方法をさがさなきゃいけないね。この小道があるって、みんなにばれちゃうのはいやだからさ」

　サラはにんまりしました。ほんと、わたしの心を読んでるわ。

　サラはセスの後ろに縦一列になって、細い道をたどっていきました。セスは、小枝がはね返ってサラの顔に当たらないように押さえてくれ、ときには頭上で手をふってクモの巣を払いました。

「これって最高！」とサラ。

「何が？」

「あなたのあとをついてくのが。そうしたら、クモの巣はあなたの髪の毛にくっつくの、わたしのじゃなくて」

　セスは笑いながらクモの糸を顔からひっぺがしました。「先に行く？」からかうように言います。

「ううん、いいの。あなた先導がじょうずだもの」

　最初の分かれ道に来たところで、セスは川のほうへ向かいました。サラは、きびきびと早足でついていきました。

　小道はほとんどなくなって、セスとサラは、よく茂った乾いた草を踏み分けていました。サラが足を止め、アザミのとげを靴下から抜こうとしたそのとき、川べりの開けた場所に出ました。

「わあ、すっごくすてきな場所」とサラ。「ここの川がどんなにきれいか、忘れてたわ。ひさしぶりに来たの」

「へへっ、見てごらん！」セスは誇らしげに言いました。

「見ろって何を？」サラはどこが変わったのかと、あたりを見まわしました。

「こっち、こっち」と、セスに木の後ろへ連れていかれ、サラはハコヤナギの大木を見上げて叫びました。「わあ！　これ、あなたが？」

「うん、気に入った？」とセス。

「すごい！」サラは自分の見ているものが信じられませんでした。セスは木の根もとから枝のほうまでほぼ十インチごとに板を釘づけにしていました。幹の幅からはみだすほど長い板です。足台としてぴったりなばかりか、下の段に立っているときに上のほうの段を手の置き場にできるのでした。

「こんな素晴らしい木登り用のはしご、見たことない」

「手にとげが刺さらないように、しっかりヤスリをかけたんだ」セスは自慢げでした。

「すてき！　登りましょう！」

「先に行くよ」

セスは、いちばん下の板に足をかけ、べつの板に手を伸ばして体をひっぱり上げました。上へ、上へ、上へと、いともたやすく登っていきます。

サラは喜んで、くつくつと笑いました。木登りは大好きです。セスったら信じられない。びっくりするほど簡単に登って、大木の中に入りこんじゃったわ。

ふたりは高いところまで登りました。「いい眺め」サラは言いました。「ここからだと世界がすっかり変わって見えない？」

セスは同意して、体をゆらしながら川のほうへ伸びた枝に立ちました。川がはるか下に見えるのに、ちっとも不安そうじゃないわ。セスが何をしているのか、体で隠れてしまい、サラには見えません。と思ったら、長くてどっしりしたロープが目に入りました。枝から水面すれすれまで垂れています。

「何これ！」サラは大喜びで叫びました。

「ターザンロープ、やりたい？」セスはわくわくしていました。

「もちろん！」

「バランスはいいほう？」セスは尋ねました。

「けっこういいと思うけど。なんで？」

「これからあそこへ行くからさ」

サラはセスが指さしたほうへ目をやりました。「ツリーハウス！　セスったら、ツリーハウスをつくったのね！」

「ここから行くんだよ」セスは大きな枝によつんばいになって慎重に進んでいき、はるか先のほうで立ちあがりました。

サラはひざまずき、ツリーハウスまでそろそろと這っていきました。ふたりで入れる大きさならいいけど。さてどうかと思い、いざ着いて立ってみたら、その広さはうれしい驚きでした。セスは後ろ側に安全と支えのための手すりまでつけ、小さなベンチ二台までこしらえていました。

サラは、セスがこれらをどう使うのか、やって見せてくれるのを楽しくながめました。釘に巻いてあった麻ひもをほどき、樹皮の裂け目につっこんだ木切れに巻きだしました。

「何から何まで考えてあるのね！」サラは嬉々として言いました。

セスは、麻ひもを川面に垂らした重いロープの先に結んでおいたのです。それを木切れに巻きとっていくと、ロープがするすると木の中へ引き上げられ、ふたりの目の前に現れました。長く重いロープの先は輪にしてあり、サラが見つめるなか、セスはベンチに腰かけ、ロープの輪に足をかけます。上のほうに三つ結び目がつくってあり、いちばん上を握って言いました。「オーケイ、幸運を祈ってくれ」

「気をつけ……」サラが言い終わらないうちに、セスはベンチの台から跳ねおりました。そして、川をはるかに越え、「アーアアー！」とわめきながら、宙を飛んでいます。サラはかたずをのんで見守るばかり。セスは振り子のように前後に揺れ、一回ごとに、振れ幅が小さくなっていきます。

「さて、ここからが微妙なんだ」セスは声をあげました。「ターザンロープが止まる前に飛びたたないと、川の中から歩いて戻るはめになる」

サラが見ていると、セスは輪から足をふりほどき、ロープの下のほうの結び目にひざで組みつきます。そして、川べりへ向かってロープから身を躍らせると、葉っぱの山の中へ飛びこみました。

「いてっ！」セスのくぐもった声。「ここはもっと工夫しないとな」

サラには見たものすべてが喜びでした。

「よーし、わたしの番ね」興奮するサラのもとへ、セスがすばやく木を登って戻ります。

「それはどうかな、サラ。着地がちょっと危ないんだ。ぼくがましな方法を思いつくまで待ったほうが――」

「ううん、やる。セスにできるなら、わたしにだってできるもん！」ここまで来ておいて、川を越えない手はないわ。

サラはわくわくしながら、セスが戻ってくるのを待ちました。ほんと、頭がいい子。サラは思いました。セスは麻ひもの端を持って戻ってきたのです。またターザンロープを発射台までひっぱり上げるために。

サラはベンチに腰かけ、セスは重いロープの輪にサラが足をかけられるよう、押さえていました。

「この結び目はきみ用につくったんだよ、サラ」とセスはまんなかの結び目を指さしました。サラの体格にぴったり合いそう。

「オーケイ、行くわよ！」サラはまだベンチの台に立っていました。「よしきた……さあ……それ行け……すぐ戻る……ほら……しゅっぱーつ！」ひきつった笑い声をたてました。行きたくてたまらないのに、木から飛びおりると思うと、動揺して胃がきりきりと痛んで、踏ん切りがつきません。

セスはサラの興奮ぶりをにやにやして見ています。決断を後押しする気はありません。

「急ぐことはないよ、サラ。このロープはあしたも、あさっても、しあさっても、ここにあるんだから……」

けれども、サラには聞こえていませんでした。セスが飛ばなくていい口実を与えている途中で、発射台から跳ねおり、宙を飛んでいたのです。

「アーアアー！」かん高い声をあげながら、川を越えました。

「やった！」セスは、サラが最初の大きな飛びこみを果たしたのを喜んで叫びました。こわかった最初の川越えのスイングができたとき、自分もすごく喜んだのでした。サラが川を行ったり来たりしながら、きゃあきゃあと笑っています。セスが見ているまに輪から足を引き抜きました。

すごい！　思わずつぶやきました。あっというまにおり方を会得してる。でもサラの腕力はセスほど強くありません。足を輪から抜いたとたん、ロープにつかまっているのがやっとになりました。なんとかしがみついて、体が川べりに近づいたところで手を離し、空中をぬかるんだ岸へと飛んでいき――ばしゃん！　水しぶきがあがり、泥がはねました。サラは笑いながら、頭のてっぺんから足の先までずぶ濡れ、泥だらけで立ちあがりました。笑って、笑って、笑いころげています。

セスは、こわごわ見ていましたが、ほっとして笑いだしました。思いきりのいいやつ！　サラが安全に川を越えることに責任を感じていたので、無事にすんでやれやれでした。

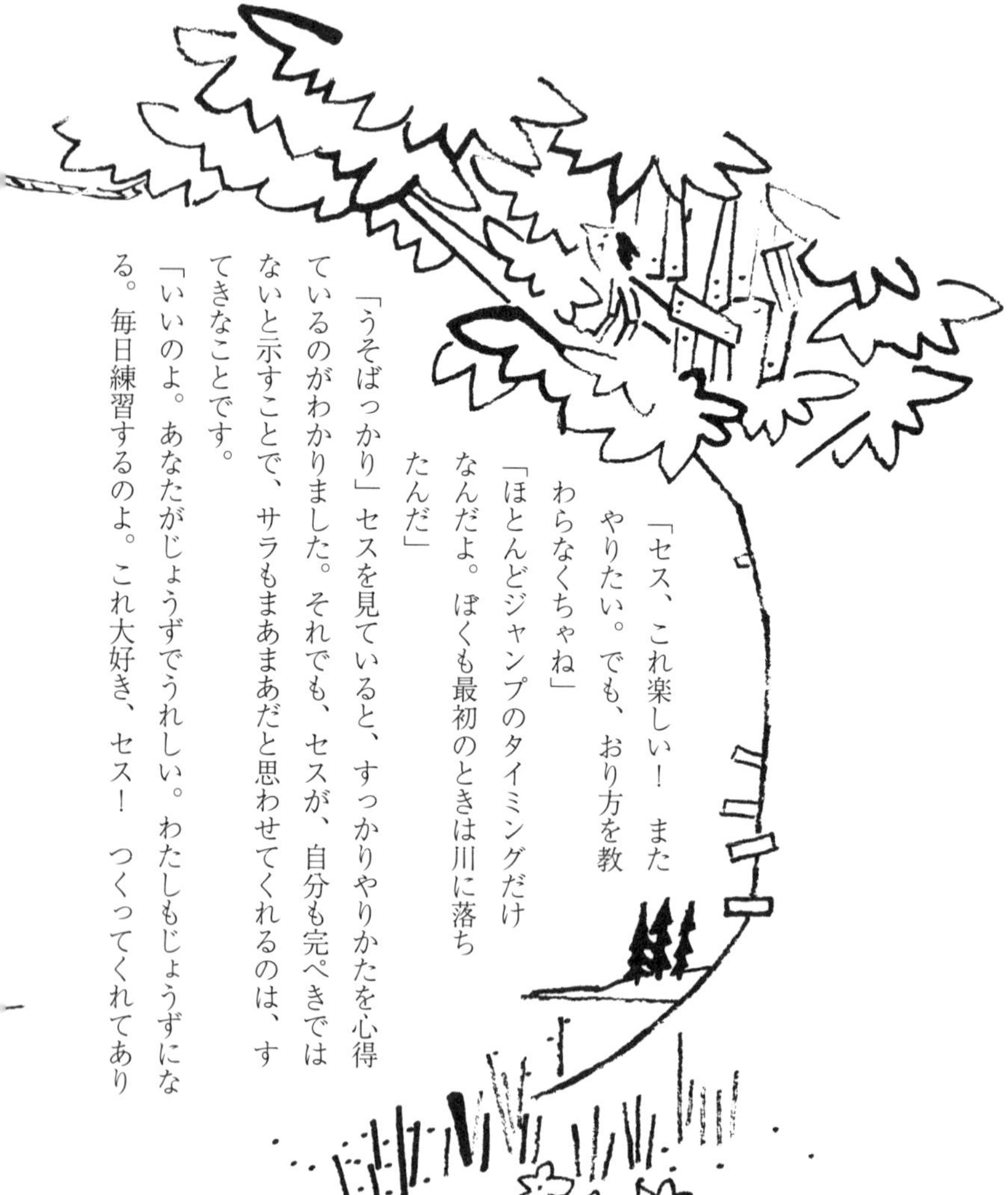

「セス、これ楽しい！　またやりたい。でも、おり方を教わらなくちゃね」

「ほとんどジャンプのタイミングだけなんだよ。ぼくも最初のときは川に落ちたんだ」

「うそばっかり」セスを見ていると、すっかりやりかたを心得ているのがわかりました。それでも、セスが、自分も完ぺきではないと示すことで、サラもまあまあだと思わせてくれるのは、すてきなことです。

「いいのよ。あなたがじょうずでうれしい。わたしもじょうずになる。毎日練習するのよ。これ大好き、セス！　つくってくれてあり

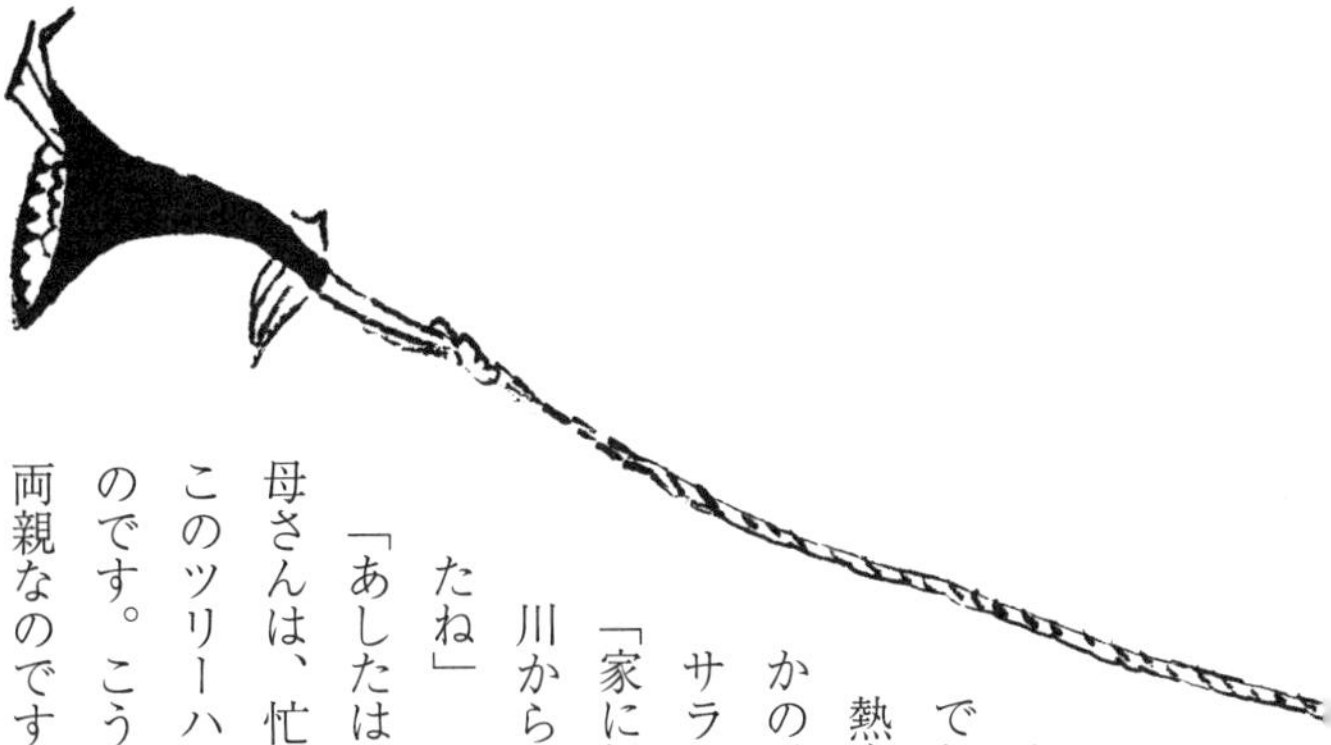

がとう」

セスにはサラをどう考えたらいいのか、わかりませんでした。いっしょにいて、とても楽しい。何をするにも熱心でやる気いっぱい。気のいいやつ。よく笑うし、ほかの子が自分より何かが得意でもすねたりなんかしない。サラみたいな子ははじめてだ。

「家に帰ったほうがいいわね。ぐちゃぐちゃだもん」サラは川から上がり、泥水だらけの服をしぼりました。「またあしたね」

「あしたは土曜日だよ」セスはサラに言いました。お父さん、お母さんは、忙しい週末の家の仕事をさぼって遊ばせてはくれません。このツリーハウスだって、何週間もかけて月明かりのもとで建てたのです。こういうちゃらちゃらした遊びは絶対許さない、そういう両親なのですから。「また月曜日にね」

「あら」サラはがっかりしました。この楽しみを月曜日までがまんするなんて、無理だわ。「わかった。でも、あした、わたしだけここに来て着地を練習する。月曜に会うときにはマスターしてるわよ」

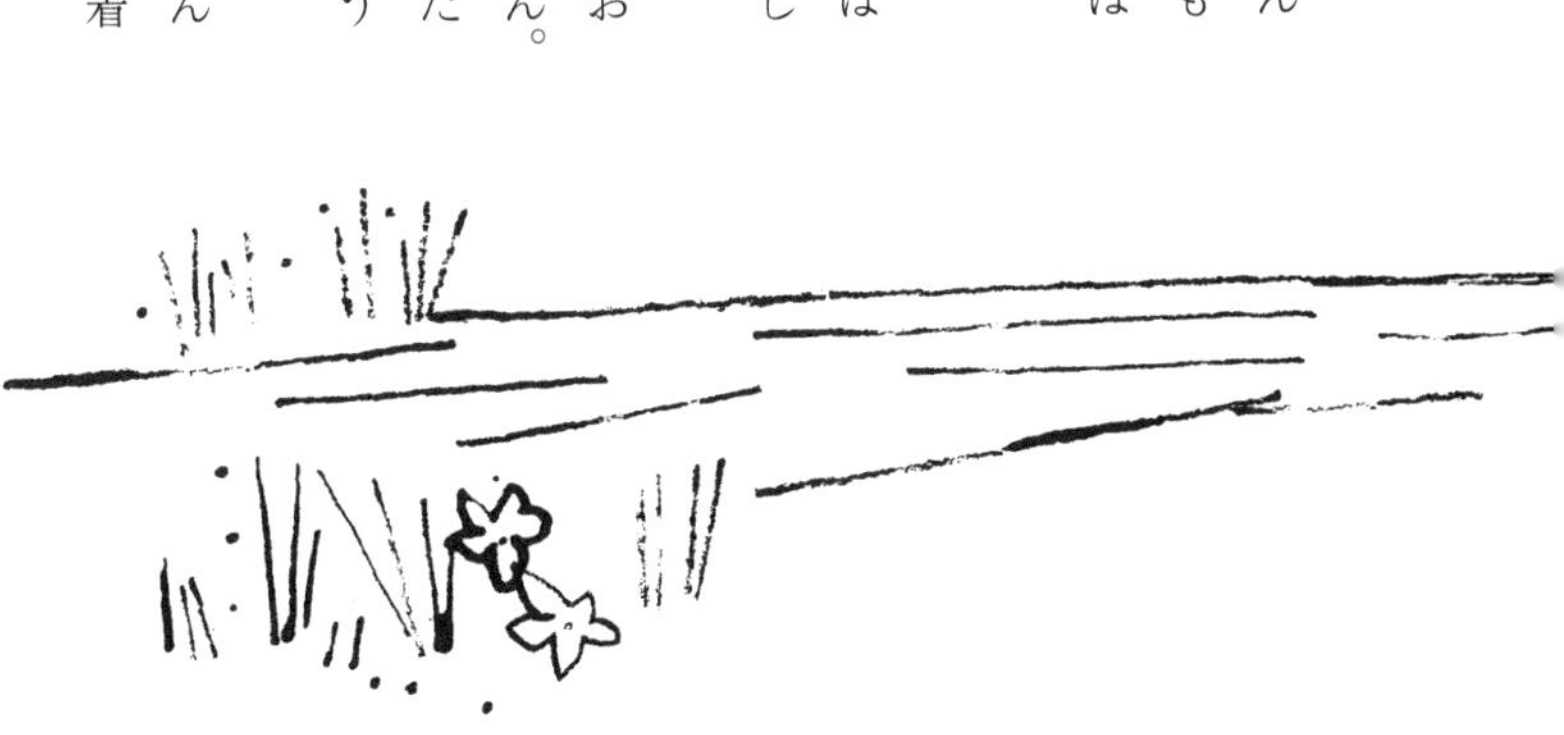

セスには、その考えは受け入れがたいものでした。サラが着地のタイミングをまちがえて足を折るか、頭を打つかしたらどうする？　もっとひどいことになったら？「だめだよ、サラ。おぼれちゃうよ」セスは口走ってから、ちょっと恥ずかしくなりました。

サラは間をおき、セスを見つめました。セスのことばから思いの強さを聞きとりました。セスは自分の心配をとてもはっきり表現していたのです。

「いいえ、セス」サラは穏やかに言いました。「わたしは絶対おぼれたりなんかしない」

セスは、見たこともない強さをサラに見いだしました。どうしておぼれないと、これほど自信がもてるんだろう？

「でも月曜日まで待つわ。あなたの努力でこのすてきな場所ができたんだもの、せめていっしょに楽しめるときまで待つことにする」

セスはほっとしました。

「じゃあ、月曜日に」サラは言いました。「小道の最初の分かれ目で待ってるからね」

セスは笑顔になりました。サラはぼくの心を読んだんだな。どこへ行くのかと、いかにも疑われそうな場所で待ち合わせはしたくなかった。セスもサラも、このすてきな隠れがを自分たちだけの秘密にしておく、という考えが、気に入っていました。

第10章　ヘビはじゃまにならない

サラは小道の最初の分かれ目で、セスを待っています。まわりの景色にとけこむ茶色と黄褐色《おうかっしょく》の服を着てきた自分を心の中でほめました。地べたにうずくまり、待ち合わせの相手をこっそり待つ自分を笑いました。道を通りすぎる車が、こちら側からの太陽の光を反射して、たまにきらきらと光るのが茂みの向こうから見えました。サラには見えるのに、向こうではサラに気づいてないのが愉快です。「またラルフ先生につかまってなければいいけど」サラはつぶやきました。

セスが木立から、サラを倒しそうな勢いで飛びでてきました。ふたりともびっくりして、ぎゃっと悲鳴をあげ、それから笑いました。「やだなあ、サラ。いると思わなかったよ」

「たいしたもんでしょ？」サラはにやりとしました。自分のカムフラージュに得意げです。

「うん、風景の一部になってる。もしきみがヘビだったら、きっとやられてたよ」

「ううん、ヘビはじゃまにならない」サラは自信たっぷりに言いました。

「ヘビがこわくないの？」セスは驚きました。誰だってヘビはこわいはずなのに。とくに女の子は。

「うん。前はこわかったけど、もうこわくないわ。さあ、行きましょう。ターザンロープをやりたい」

セスはいやおうなく気づきました。サラがヘビをこわくないのは、自分はおぼれないと言ったのと同じ強い確信から来ているんだ。

「ねえ、サラ、なんでそんなに絶対おぼれない自信があるの？」

サラは道でころびかけました。セスの質問にびっくりしたのです。いままた、おそらくサラの人生のもっとも大切な経験に——もっとも大きな秘密に——セスは迫ってきました。

「話せば長くなるわ」とサラ。「あとにするね」

セスは直感しました。サラは話したいことがあるんだ。聞きたい。「ええと、もし長い話なら、細かく分けたほうがいいんじゃない？　毎日すこしずつ教えてよ」

サラはつつかれるのがいやでした。ソロモンとの経験をくわしく説明したとして、どう思われるかわからない。でも、セスは心に強く訴えてきて、逆らえそうにありません。

そんなわけで、サラは話をはじめました。「そう、わたしは実際おぼれるなんて思ったことなかったけど、お母さんがいつも心配してたの。毎日のように、この川に近づくなと注意してきたわ。何をそんなに心配してるんだか、わからない。誰かおぼれたという話も聞いたことないし。でも、お母さんは心配性で、とくにこの川にはそうなの。

それである日、ひとりきりで、丸太の橋のまんなかに立っていたの。水かさが増してね、丸太にぴちゃぴちゃと打ち寄せてた。そこへ、どこからともなく、大きな毛むくじゃらの年寄りの犬が現れて、わたしを川の中に突き落とした！」

「わあ、サラ！　それでどうしたの？」

「というか、どうしようもなかったわ。流れの速い川にただ運ばれていくだけ。けれど、こわくも何ともなかった。はじめに思ったのは、ああ、お母さんが心配してたとおりだ、おぼれたら、すごく怒られるだろうなってこと。でも、あとはただ水に浮かんで、とてもきれいなあたりの景色に見とれてたの。そうして、川の中へ垂れ下がった枝のところまでただよってきたところで、枝につかまって川から上がったのよ。このときから、わたしは絶対おぼれないってわかったの」

「それだけ？　それでおぼれないと信じてるの？　サラ、きみが枝の下に流れついたのは、運がよかっただけに思えるけど。きみはおぼれてたかもしれない、そうだろう？」

サラは悪い想像のとりこになっているセスを見つめ、ほほえみました。「お母さんみたいなこと言うのね」

セスは笑い声をたてました。「だろうね」

「とにかくわかっている、ってことない？　つまり、何かを知ってて、自分にはあまりに明らかなことだから、ほかの人にどう思われようと、かまわない。知ってるものは知ってるんだ、ってこと。ほかの人が知らないからといって、自分が知らないことにはならないのよ。わたしの言ってることわかる？」

セスはサラが話すのをじっと聞いていました。サラの言いたいことは、よくわかりました。ほんとうによくわかりました。「きみの言うとおりだ、サラ。ぼくにはわかってるとも。これからは、きみがおぼれないと言うなら、それを信じるさ」

サラは救われました。一部だけの説明でセスが納得してくれたおかげで、もっと先まで話さなくてすんだのです。

「よかった」サラはやったと思いました。さて、話題を変えなければ。「だから、ヘビもじゃまにならないってわけ！」

セスは笑いました。「あのさ、死ぬほどこわいものは、一度にひとつずつ減らそうよ、サラ」

第11章　イメージトレーニング

　サラとセスが小道の最後のカーブを曲がると、開けた場所にでました。そこではセスがつくった素晴らしいツリーハウスとターザンロープが、がまん強く、ふたりの帰りを待っていたかのようでした。

「さあ、わたしが先よ」サラはすばやく木に登りました。大きな枝へ這っていって、発射台の位置についたところへ、セスが追いついてきました。「よーし。成功してみせるわ。練習してきたんだもの」

　セスは、サラが約束を守らなかったことに、がっかりしました。「サラ、ぼくのことを待つって言ったのに」

「ちゃんと待ってたわよ、セス。練習は頭の中でしてきたわけ。何度も何度も、川を行き来して、完ぺきなタイミングでロープから離れて、完ぺきに向こう岸の草の中に着地する自分をイメージしたの。準備はいいわ、セス。強く押して」

「押さなくていいと思うよ、サラ。木から落ちていく勢いでじゅうぶんさ」

サラは出発しました。「イヤッホオオオ！」と叫んで空中を飛んでいきます。きれいな茶色の髪が風をはらんで後ろに広がりました。行ったり来たり、行ったり来たりしながら、川を越すごとにスピードがやや落ちていきます。輪から足を引き抜いて、完ぺきなタイミングでロープから離れ、頭の中で練習したとおりに草地におりました。完ぺきな着地で、ころびもしませんでした。ひざのクッションが飛びおりたショックをやわらげたのです。「やった！」大喜びで叫びました。

セスはツリーハウスから拍手を送っています。すごいと思いました。

セスもつづいてスイングしたあと、ロープから手を離すと、前回と同じく木の葉の中へつっこんでしまいました。

サラはほほえみました。「スムーズな着地じゃないや」と認めます。

「頭の中で練習するといいわ。それだけ。時間はかからない。ほんとのスイングと同じぐらい楽しいしね」

「ふうん」セスは気のないふうです。「でも、とりあえずは目の前にある木と川とロープで練習するよ」そして木に登り、またロープにぶら下がりました。

こんどの着地は、この前の二回よりひどい失敗でした。セスはおもしろくありません。

サラは笑ってから、手で顔をおおい、せきが出たふりをしました。セスを傷つけたくも、怒らせたくもなかったのです。

セスはまた木に登ってロープを使い、またタイミングがくるって、木の葉の中にころがりこみました。

そしてまた、木に登るところへ、こんどはサラがあとをついていきました。

「セス」輪に足をかけて空中に飛びたとうとするセスに、サラは言いました。「ちょっと待って。いったん目を閉じて想像してほしいの。うきうきした気持ちで、また木を登ってるところ。なぜかというと、完ぺきな着地を決めたからよ。わたしがにこにこして、拍手していると思って」

「それから笑って、せきばらいもしてね」セスは意地悪く言いました。

「ううん、にこにこして、拍手してるの」サラは苦笑しました。セスに一本とられたな。

「じゃあね、ロープから離れて、土手に飛びおりてるところを想像して。パラシュートで落下するみたいに、地面にふわっとおりるの」

セスはにやにや笑いながら想像しました。

「いってらっしゃーい」サラがセスの背中をそっと押すと、ロープは宙に放たれました。

セスははるか向こう岸までスイングし、完ぺきなタイミングでロープを離し、完ぺきに草の上に着地し、飛び上がって、かかとを打ちあわせました。「やった！」とセスが叫ぶのと同時にサラも叫びました。「やった！」

「うわあ！　サラ、これ、てきめんだよ。どこで教わったの？」

「ええと、小鳥から教わったの」サラはふざけて言いました。「ほんとに長い話なのよ、セス」

そしてセスが何も言えないうちに、サラは笑って先をつづけました。「わかってる、わかってる。毎日すこしずつ話すわ。セスが本気で知りたいなら、ぜんぶ話すけど、笑わないって――それから、誰にもしゃべらないって約束してちょうだい」

「約束する」とセスは言いました。こんなに真剣なサラは、はじめてだ。「約束するから話してよ」

「またこんどね」とサラ。「ロープのイメージトレーニングが先だわ」

セスは顔をほころばせました。

「じゃあ、また」サラは言いました。

「うん。またあした」

第12章　いい意味で変

サラは、ターザンロープの木の高みにある快適な木の股にすわっていました。はしごのてっぺんまで登って、さらに一階ぶんほど登ると、とても具合のいい、ちょうどふたりが腰かけられる大きさの木の股があったのです。すごいわ、この木。サラはそう思いながら、静かにセスを待っていました。

セスの最後の授業は木工でした。きっと得意科目ね、おおかた先生を手伝って工作室を掃除してるのよ、とサラは腕時計を見て思いました。人がいいから、使われちゃうのよね。

サラは木にもたれて、セスにびっくり仰天の話をしている自分をイメージしてみました。セスはすっかり話を聞く気になっているけど、サラは強い不安も感じました。セスとは仲よしになったわ。ううん、親友と言ってもいい。こわがらせて嫌われるなんて、絶対にいやだ。わたしの秘密を知ったら、セスはどうするだろう。

一陣の風が木立を吹きぬけ、木の葉や小枝を揺らし、上からほこりや葉を降らせました。

きみも先生なんだよ。サラはソロモンの心強いことばを思い出しました。**しかるべき時機がきた**

ら、わかるものだ。

しかるべき時機だと思うんだけど、どうしたら確信できるのかな。サラは悩みました。

求められるのは、時機が来ている証拠なんだ。サラはソロモンの助言を思い出しました。セスはずっと話してと求めてきているから、つまり、しかるべき時機なのよ。

下の小道でカサカサと音がしました。サラは立ちあがり、自分の上の大きな枝にしがみついて、誰が来たのか見ようと、せいいっぱい身をのりだします。セスが茂みから飛びだしてきて、息を切らして呼びかけました。「やあ、遅くなってごめん」ひどく息切れしているので、ずっと走ってきたのだと、サラにはわかりました。

セスは木を登ってきて、発射台へとつづく大枝のところで足を止めました。「そこまで登ったほうがいい？　それとも、きみがおりてくる？」

「ここまで登ってきて。すてきよ。場所にも余裕があるわ」とサラは声を返しました。木の高みにいて、誰からも見られない安心感の増すことが、気に入っていました。

セスは登ってきて、大きなV字のあいだでサラと向かいあうように体を支えました。「さあ」とセスはいきなり切りだしました。「話してよ」

「いいわ。でもね、わたしたちだけの秘密にしてよ」

「サラ、心配いらないよ。どうせぼくの話し相手はきみだけだもん」

サラはひとつ深呼吸をして、とっかかりをさがしました。話すべきことが多すぎるわ。いったいどこからはじめたらいいんだろう。

「じゃあ、セス、何が起こったのか話すわね。あらかじめ断っておくけど、変な話よ」

「サラ」セスはじれったそうです。「変だなんて思わないよ。さっさと教えてってば」

「うん、ある日のこと、学校からの帰りに弟のジェイソンが駆け寄ってきたの。はじめて見るほどの興奮した顔で、まくしたてたわ。サッカー家の小道に巨大なフクロウがいる、見にいこうって。ひどく思いつめた感じでこわかった。弟は半分わたしを引きずるようにして小道に向かったの」

「フクロウ、大好きだよ」セスはサラに先をつづけさせようと、合いの手を入れました。

「まあとにかく、雪が深く積もっていて、とても寒い日だった。長いことさがしたけど、フクロウは見つからない。ジェイソンに言ってやったわ。ぜんぶでっちあげなんでしょ、あんたのばかばかしい鳥になんか興味ないわよ、ってね。でも、つぎの日は学校でずっとこのフクロウのことばかり考えてた。なぜそんなに気になったんだか。すっかり調子がくるってたわ。放課後にひとりで雑木林へさがしに戻った。でも、まだ見つからない。暗くなってきて、自分がばかみたいに思えてきた。それで、凍った川を渡って近道をしようとしたんだけど、足の下の氷にひびが入って、ころんじゃったの。ああ、氷が割れて、おぼれるんだと覚悟した。そのとき、木立から声が聞こえてきたの。

きみがおぼれるはずなんかないこと、忘れたのかい?　つづけて声は言ったわ。**氷は割れないよ。ここまで這ってておいで。**

最初は凍った川を渡ろうとした自分がばかだったと悔やんで、それから腹が立ったわ。声の主が誰にしろ、ちゃんと見えるところへ出てきて、助けてくれればいいのに。そして突然気がついたの。わたしがおぼれるはずなんかないって、どうして知ってたの？　そのことは誰にもいっさい話してなかったのに。そのときよ、彼が見えたの」

「誰が？」

「ソロモンが。あの巨大で美しくてふしぎなフクロウが。木から飛びたって、草原の上をゆったりと回ったから、とてもよく見えた。そして去っていった。わたしにはわかったの、あれがソロモンだって」

「きみがおぼれないと確信してたわけが、やっとわかったよ。うっわあ、サラ、それって変だよ。あっ、でも、いい意味で変なんだよ」セスはあわててつけ加えました。

サラは息が切れそうでした。あえいで、大きく息を吸って、セスを見つめました。ソロモンのことを洗いざらい話してしまいたい。どうやって出会ったか、教わったすべてのこと、ジェイソンとビリーが撃ち殺したこと、ソロモンは殺されてもまだサラと話せることを。

「そのあとまた、ソロモンに会ったの？」セスが尋ねました。

「ええ、何度も会ったわ。でも……」

「でも何なの？」セスはこのふしぎな話に興味津々でした。

サラはもっと先までつづける気にはなれませんでした。「それはあとで話すわ」

セスはがっかりしました。サラはまだ話すことがたくさんある。直感でわかる。だけどサラにとっては微妙な話題なんだ。無理強いしたくはない。

「ねえ、これは一度にすこしずつ話すってことだったでしょ。じゃあ、またあしたね」

「うん、またあした」

「帰る前にもう一回スイングする?」サラが尋ねました。

「きょうのぶんの興奮はもう味わったよ」セスがからかうように言いました。

「わたしもよ」とサラ。

「じゃあね」

第13章　同じ羽毛の鳥たち

「昼間の光みたい」サラはポーチの手すりにもたれ、夜空をじっと見上げながら、小声でつぶやきました。いらいらするのは、どうしてなんだろう。

　どんより曇り空のもと、高校のフットボール競技場のライトがぎらぎらと光っています。こんな夜には、照明の光が町じゅうを照らしているように思えました。

「とんだ電気のむだづかいだわ」とサラはぼやいてから、家に入りました。後ろで、裏口のドアがばたんと閉じるにまかせました。この夜はフットボールのシーズン開幕戦です。昔から感じていた怒りが、突然、サラの中でわきたちました。自分の部屋へ入ってドアを閉めました。自分とフットボールの試合とのあいだに、一枚でも多くのドアを閉じようとしているみたい。

「いやだ」サラは独りごとを言いました。「わたし、どうしたんだろう?」

　サラには、フットボールのシーズンがどうにも好きになれません。町のほとんどの人は、金曜の夜には観戦に出かけ、敵地での試合では、よその町までおおぜいで応援にくりだすことも、めずらしくはないのです。でもサラは、どこで試合があろうと、一度も観戦したことがありません。本をベッドへ投げだすと、腹ばいになって、ページをめくりました。この本にも興味がわかないわ。川へ行ってターザンロープで遊べたらいいのになあ。この落ちつかない、いらいらした気分が消えてほしい。夜に雑木林をうろつくのは危ないとわかっているけど、暗闇の中でターザンロープをすると思ったら、たしかに気分がちょっと軽くなりました。空はとても明るい。きっと雑木林もそれほど暗くない。

部屋のドアを開けると、お母さんはまだキッチンで夕食のあとかたづけをしていました。

「あとはわたしがやるわ、ママ」

「あら、ありがとう。でも、ジャネットが席をとっといてくれるから、急がなくていいのよ。いっしょに来たら、サラ？　楽しいわよ」

「ううん、学校の課題をやらなくちゃいけないの」とサラは言いました（これが学校の唯一の長所——宿題はかならず信用されるアリバイになる。週末まるごとかかることにも、まったくなかったことにもできる。おかしな話だけど、お父さんもお母さんも疑問に思ったことはないみたいだ）。

サラは自分の部屋に戻って、早く家族がフットボールの試合に出かけてほしいと念じていました。雑木林へ行って、暗闇の中でターザンロープを使うという奇妙な新しい体験を味わうことは、いよいよ素晴らしい冒険のように思えてきます。

サラはたんすのいちばん下の引出しを開け、底をさらって丈の長い下着をさがしました。これを着た自分のこっけいな姿を思い描くと、口もとがゆるみますが、この下着のおかげで、ゆっくりと遊んで過ごす雪の午後が、ずっと快適になったことは認めざるをえません。

家族がついに「じゃあね、サラ」と告げ、ガレージの大きな鉄の扉をキーキー鳴らして開くと、サラは引出しから下着をとりだして、身につけました。鏡の中で背を向け、お尻に開けられた穴をまじまじ見て、くすくす笑いました。「どこのメーカーの下着？　これを着て、夜更けにターザンロープをしたと知れたら、何を言われるか、わかったもんじゃないわ」

着替えをすませ、コートと帽子と手袋をひっつかんで、裏口のドアへ向かいました。歩くうちに、いらだちは消えてゆき、持ち前の生命力が戻ってきました。

草原を横ぎっていこう、とサラは思いました。もし道路を歩いてたら、町の人の半分は、フットボールの競技場まで乗せていってやるよと言うんだわ！

広い牧草地を行くあいだは明るく思えたのに、サラが小道にひょいと入って、雑木林の奥へ進んでいくと、ほとんど何も見えなくなってきました。

ひとりぼっちで闇の中にいるのは不気味でたまりません。「いったい何を考えてたんだろう？」サラは自分に言いました。懐中電灯を持ってくることを思いつけばよかったのに。ここまで歩いてきた暗い小道をふり向き、もっと暗い前方の道を見やりました。どちらに進むのも楽な選択ではありません。どちらとも決めかねて固まっていました。もっとよく見ようとすればするほど、闇に閉ざされているように感じられます。そのとき、ツリーハウスの方向から音がしました。聞き覚えのある音、ターザンロープを使う音です。

とたんに迷いは消え、サラはツリーハウスへ向かって歩きだしました。先ほどと比べて明るくなってはいないのに、難なく早足で進んでいけます。川辺の開けた場所に出ると、ターザンロープで川を越える人影が見え、どさっと鈍い音がして、セスの声が言いました。「よし、やったぞ！」

「セス？」サラは人影がセスだとわかって喜び、この暗闇に彼がいることに驚きました。

「あなたなの？」

「ひゃあ、サラなの？　びっくりしたなあ、もう」とセスが声を返しました。「ここで何してるの？フットボールの試合を見にいったかと思った」

「ううん」サラは答えました。そのことをどう感じているか、セスに説明したいとは思いません。

「見にいったことないわ」

「ぼくもだよ」セスはあっさりと答えました。

「どうして？」サラは、すかさず詮索した自分を恥じました。自分の決めたことについて他人から質問攻めにされるのは好きではありません。なのにセスに対して自分がしていることは、まさしくそれでした。でもセスは気にならないようです。

「さあ、なんでだろう。ぼくはどのチームの味方とも思ったことがないんだ。すごいランやパスやブロックを見れば拍手喝采《はくしゅかっさい》する。でも何度も気まずい思いをしたんだ。というのも、試合のうちの半分は、相手チームがいいプレーをしてるわけだからね。それで、うんざりしちゃったんだ」

サラは心を奪われました。セスは、サラが球技を好きになれない理由をずばり言い当てていたのです。ただ自分のチームだからと、することなすこと、すべてを認めなければならず、相手のチームというだけで、そのプレーを認めないというのが、気に入りませんでした。サラは自分と同じ感想を球技にいだいた人をほかに知りません。セスが友だちでよかった。

「どれぐらい前からここにいるの？」サラは尋ねました。

「日が暮れるころから」セスは答えました。

「寒くない？」

「うん、だって下に……」セスは途中で口をつぐみました。サラに防寒用の下着のことは言いたくないや。これを着てると、どんくさい気がするんだ。聞こえてなきゃいいけど。

でもサラはちゃんと聞いていて、げらげらと笑いだしました。

サラの笑いがうつって、セスも笑いだしました。

「赤いやつ？」サラがささやきます。

セスは吹きだしました。「うん、なんで知ってるの？」

「さあ、なんでかしら」サラは笑いました。「あてずっぽうを言っただけよ。セス、わたしたちは同じ羽毛の鳥、似たものどうしなのよ……球技は避けて、ターザンロープをして、赤いネルの下着をつける同類ってわけ」

ふたりは涙が出るほど笑いました。おたがいをすっかりわかりあうのは気分がいい。ほんとうに気持ちがいいことです。

第14章　ほら穴をさがしに

サラは学校のロッカーで、セスからのメモを見つけました。〝サラへ。ツリーハウスで会おう。ただし、ぼくが行くまで登らないでね。びっくりさせることがあるんだ〟

サラは木の根もとで待っていました。意識して木を見上げないようにしました。セスのびっくりさせる思いつきを台なしにしたくなかったからです。

セスが茂みを駆け抜けてきました。「上を見てないよね？」

「見たかったけど、ちゃんと待ってたわ。びっくりさせるって何なの？」

「木を登ってごらん。ぼくもすぐ行くから」とセスは言いました。わきの下に紙袋をはさみ持っていて、いつになく目がきらきらしています。

サラがはしごを登ると、セスもすぐあとから来て、ツリーハウスで腰をおろしました。サラはあたりを見まわしました。「さあ、いいわよ」何も変わったようすは見えません。

「じゃあ、目を閉じて」

サラは目を閉じ、セスは木の後ろに隠してあったロープをほどいて、サラの手にのせました。

「よし、これをしっかり握って、目を開けて」

　サラは目を開けて笑いました。「いったい何？」

「手を離さないで。ロープをそうっと引いてごらん」

　セスは、滑車《かっしゃ》をいくつか上のほうの枝にとりつけて、細長いロープを通しておきました。サラがそのロープをひっぱると、大きなバケツが上がってきました。中には、びん入りの水、お菓子、紙コップ、サラのとても重い通学かばん、ビニールのごみ袋がつまっています。

「これをひっぱりあげるほうが、荷物を持ってはしごを登ってくるより、ずっと楽だよね」セスはそう言って、サラからのほめことばを待ちました。

「考えたわね！　すてき！　このロープと滑車はどこで手に入れたの？」

「体育の先生からもらったんだよ。用具室の箱にずっと入れっぱなしになってた、捨てるつもりだったんだって」

　サラはほほえみました。なんて多くの人がセスに心を許したがるのかしら。人の長所をひきだし、かつては見られなかった力を出させるみたい。この体育の先生は、とてもきびしく、感じが悪くて、不機嫌《ふきげん》な人だと、みんなに思われてた。それなのにセスには、秘密の隠れがをさらに完ぺきにする道具をくれるなんて。みんなセスのことが好きなんだわ。

「どうしてこれを思いついたの？」サラは尋ねました。

「どうしてだろう。隠れがをたくさんもってたからかな」

「いくつ？　話を聞かせてよ」

「うーん、どうかなあ」セスは困りました。どれもわくわくするものではないし、どれもこれほどすごくはないし、どれも女の子に教えたことなどありません。誰にも教えないのがふつうでした。弟にひとつかふたつ見つけられたけど、知らせるつもりはなかったのです。隠れがとは自分だけのものなのですから。

　サラは目をきらきらさせて、セスがこれまで住んできた素晴らしい場所と、セスが森の中につってきた素晴らしい隠れがを思いうかべようとしました。セスは、サラの大いに期待した表情に気づきました。つつかれて苦笑しながら、やっぱり、がっかりさせたくないと思いました。サラに昔の隠れがを見せることはない。自分がふたたび訪れることもないだろう。それでふと実際より大げさに話そうと考えました。サラの期待に応えるために。でも大げさにしゃべるなんて、セスは柄にもないことでした。むしろ、自分の独創性を控えめに話すほうなのです。それだけではありません。この短いあいだにサラと出会い、いっしょにターザンロープをして、笑って、遊んで、話してきて、これまでほかの人には感じたことのない深い信頼を寄せていました。それを台なしにはしたくなかったのです。

　サラはひざを胸にひきよせて待っています。セスはにこっと歯を見せて笑いました。サラに逆らうなんて無理だ。

「たいしたことないよ、サラ。ただひとりで出かけるだけの場所さ。たいがいすぐ近くで、長い時間そこで過ごしたりはしなかった。だけど、それがあるとわかっていると気持ちがいいんだ」

「うん」サラは言いました。「言いたいことわかるわ」

「最初のは偶然見つけたんだ。おとなりさんの土地の裏手にあった。その人は大地主で、何百エーカーっていう広さで、家からはるか遠く、牧草地や家畜小屋からも離れた場所にツリーハウスがあった」

「わあ！　それすてきだった？　このハウスみたいに」

セスは笑いました。「これよりずっと大きかったよ。木立の中に建っていて、床が三本の木にまたがってた。誰が建てたのか知らないけど、近くで人は見かけなかったし、誰にも話さなかった。去りがたい場所だったのに、六カ月しか住んでいられなかった。あの古くて広いツリーハウスは、あそこで朽ち果てていってるんだろうな」

「ほかには？」

「そのあと、農場の近くに引っ越した。そこは家畜小屋や納屋がたくさんあった。ブタや乳牛を飼ってたんだ。家畜小屋はぜんぶ柵や囲いでつながってたから、小屋から小屋へと地面に足をつけないで柵や屋根づたいに進めて、いい遊び場だったよ。大きな納屋二棟に、干し草がたくわえられていた。干し草の束をならべ変えるの、おもしろかったな。巨大な壁をこしらえたよ。楽しい遊び場だった。そこのことも誰にも知らせなかった。ぼくと、ネズミをさがしてうろついてる猫しかいなかったよ」

「それで?」サラはすてきな場所をいちいち思い描いては楽しんでいました。

「ほら穴がいくつかあった。最高だよ。ちょっと気味が悪いときもあるけどね、どんな生きものがいるのか、わかったものじゃないから。でも、おっそろしいやつに出くわしたことはないよ」

「ほら穴? へええ。このあたりにはないわよ」

「いいや、きっとあるよ。たぶん丘の上にたくさんある」

「ほんとに⁉」サラは驚きました。「見たことがないからって存在しないことにはならないもんね。見つけられると思う?」

「うん、たぶん」セスは、ためらいました。山すその丘へ着くまでにも相当な時間がかかることが心配でした。

「ほら穴を見つけたいわ」サラの瞳はわくわくして輝いていました。「お願いよ、セス。うん、と言って」

「わかったよ」セスはほほえみました。「ほら穴をさがそう。そこへはしょっちゅう行くことはできないと思うけどね」

「うん、わかってる」サラは興奮しきりでした。「しょっちゅう行けなくてもいいのよ。とにかく見つけたいの」

セスは、帰りが遅くなると、お父さんが怒るのを知っていました。かつて住んだほかの場所と比べたら、ここではこなすべき家事は多くないのに、両親はなおもセスに仕事をすることを期待しました。そして、するべきことがなくても、決まってセスと弟にやらせる仕事をさがしだしました。「どうなんだろう、サラ。何時間もかかるよ。ぼくはちょっと……」

「学校をさぼればいいのよ」サラは言いました。

セスは笑顔になりました。「なるほど、そうか」

「誰にもわからないわよ。わたし学校を休んだことがないの」とサラ。「誰も何も疑いはしないわ。セス、ねえ、きっと楽しいわよ。お願い！」

まる一日サラとほら穴を探検すると思うと、心ひかれました。自分のしたいことをする自由こそ、セスがほかの何より望んでいたことです。

「覚悟はできてるんだね。じゃあ、いつ行く？」

「来週。火曜日にしましょう！」

サラはうれしくてたまりません。まる一日、ほら穴を探検するなんて、すごく楽しそう。ターザンロープを握って立ちあがると、足を輪にかけもしないで、空中に飛びたって、川を越えていきました。

「うわっ、サラ」セスは息をのみました。サラがロープを握っていられなくて、川へ落ちるのではないかと心配で、ほとんど正視できません。

けれども、サラはロープをしっかり握って、川を越えてスイングしながら、喜びで顔を輝かせていました。これよりいい気持ちだったことなんて、あったかしら。万事良好だわ。ロープから飛びたつ絶好のタイミングを察知して、またもや完ぺきな着地を決めました。

サラが川辺に立ち、見上げると、セスはロープを木の中へと引き上げました。お菓子の包装紙やサラの上着やかばんをバケツにつめこんで、ゆっくりおろしました。そして空中へ飛びたち、川を越え、やはり完ぺきな着地を決めて、ちらっとサラを見やりました。はじめの数回のひどかった着地を思い出し、ふたりは笑みを向けあいました。ふたりとも短期間にずいぶん進歩したものです。木に戻って、からっぽのバケツをもとの位置に上げて、ロープを後ろの幹の釘に結びつけました。この素晴らしい隠れががまだ誰にも見つかっていないのは幸運でした。

「セス、ほんとにすてきなツリーハウスよね！」

セスは相好《そうごう》を崩しました。

第15章　フクロウに救われて

サラは目が覚めたその瞬間に、うきうきしていました。火曜日。セスとツリーハウスで会うと約束した日でした。山すその丘へ、ほら穴をさがしにいくのです。

お母さんは台所で忙しく働いています。「どうしたの、サラ？」と、入っていったサラに尋ねました。

「どういう意味？」とサラは返しました。お母さんったら、おかしなことをきいてきた。目を合わせないように顔をそむけました。

「きょうは早起きじゃない？」お母さんは答えました。

「ああ、うん、そうかな」サラはほっとしました。「顔を洗ってくる」たわいないうそをごまかすために、これから実際にすることを言いました。このサラの〝大脱走〟の日に、お母さんがよけいな関心を寄せてくるとは思いませんでした。

「時間があるなら、こっちを手伝ってちょうだい」

サラにはそれも計算外でした。

「いいわよ」とサラ。「すぐ行くわ」

親ってどうしてこうなの？　わくわくすることがあると、かならずかぎつけるみたい。それで、つまらない用事を言いつけて、楽しみを台なしにするのよ。

バスルームから出て、クロゼットの前に立ち、着るものを決めようとしました。学校に行くように見えなきゃだめよ。破れたりしてもかまわない古着で、目立たない服装。

「緑色がいいわ」サラはつぶやいて、去年から着ていないジャンパーを身につけました。意外にゆったりしていないのは、体が大きくなったからですが、ベストな選択に思えます。髪をポニーテールにまとめて、台所のお母さんのところへ行きました。

「きょうはいい感じね」とお母さん。「そのジャンパーを着たの、ひさしぶりに見たわ」

あいたた……やっちゃった。わたしったら「ほら！　きょうはこそこそしてます！」と言わんばかりの服装にしたんだ。

サラが二十個あまりのびんづめ容器を洗うあいだ、お母さんはりんごの皮をむき、芯を抜いていました。「これ以上ほうっておいたら、傷《いた》むからね」お母さんは言いました。

サラは答えませんでした。きょう、セスといっしょに、ほら穴を見つけられるかしらと考えこんでいました。

「はい、これでいいわ、サラ。ありがとう。もう出かけなさい」

「あっ、うん」サラは答えました。「行ってきます」

お母さんは、笑顔でサラを見つめ、すくすくと育っている娘のふだんとちがうようすを楽しんでいました。

サラとセスの計画は、まずは学校に行って、一、二時限の授業をうけてから、それぞれ「気分が悪い」と言って早退し、ロープの木で待ち合わせるというものです。その方向へ行く道を歩いていても、誰も何とも思わないはずです。ふたりには帰り道なのですから。そして川沿いに進みます。引き返して学校を通り越さないかぎり、誰にも会いそうにない道です。そこからは、いくつもの小道を通って丘へ上がれます。ごみ捨て場を通りすぎ、サラが生まれる前から動いている粉ひき場を通りすぎ、町を見おろす丘へ入っていきます。街道に近づかなければ、誰にも気づかれません。

二時限目の鐘を聞きながら、サラは校長室に行きました。「先生、早退させてください。気分が悪くて」サラは校長のマーチャント先生にうそを言いました。

「それはつらいね、サラ。私からお母さんに電話しようか？」

「いいえ、だいじょうぶです。家も近くですし。仕事中の母を心配させたくありません。家に帰ってから自分で知らせます」

「わかったよ。きょうはゆっくり休みなさい」

サラは学校から出ながら、気持ちの高ぶりと、きまりの悪さとを同時に感じていました。こんな言い訳が通用するのは、サラがほんとうにいい子だと評判だからです。いい評判につけこんでとても悪いことをするのには違和感がありましたが、このあと、どきどきする一日が待っていると思いつつ帰り道を歩くうちに、つかのまの良心のとがめは吹き飛んでしまいました。思ったとおり、誰からも声をかけられず、誰からも車で送るとは言われず、誰もサラに気づかないようでした。

サラがロープの木のはしごを登っていき、腰をおろしたとたん、セスが茂みから飛びだしてきました。深緑色のシャツと色あせたジーンズを見て、サラは笑いました。やっぱり用心して迷彩色《めいさいしょく》のものを選んだのね。

セスは満面の笑みで木を登ってきました。どうやら、ふたりともうまくいったようで、きょう一日は自分たちだけのものです。この時間はふたりに、でも、とくにセスにとって、宝物より貴重に思えました。

セスはベンチの座席のふたを開けて、二組のはき古した釣り用ブーツをとりだしました。「ぶかぶかだけど、これだと川を渡るときに足が濡れないんだ」

「いったいどこで手に入れたの?」

「父さんのだよ」とセス。「ゆうべ持ってきたんだ。ばれたら大目玉をくらうけど、きょうは使う予定はないはずだし、ぼくらが町を出るときに役に立つからね」

サラはほほえみながらも、胸がもやもやしました。シナリオが大がかりになるにつれて、小さなうそが本物のうそに、さらには盗みか、代償《だいしょう》が大きすぎる借りにと転じたのです。セスの態度から、お父さんにブーツのことが知られたら大変というのは、冗談じゃないとわかります。ツリーハウスや学校をさぼったことをどう思われるか、想像しただけで体が震えました。

「ねえ、サラ、楽しみだね。心配しないで。誰にもわからないよ」

サラは元気になりました。「そうよね。行きましょう」

ふたりは上着と釣り用ブーツをバケツで木からおろしてから、自分たちも木からおりて、中身を空けたバケツを木の中へ引き上げました。サラはぶかぶかのブーツをはきました。ブーツの奥まで脚をつっこむと、キャッと声があがります。中は冷たくてぬるぬるしていました。セスもブーツをはいて、ふたりは出発しました。

「なるべく川岸に沿っていこう。川を渡るのはやむをえなくなってからだ」

「わたしはそれでいいわ」

ふたりは丈の高い草をふみつけ、小枝をかがんでよけながら、川沿いをゆっくりと進みました。セスが先を行き、サラになるべく通りやすい道をつくってあげます。うっかり早く離しすぎた枝に顔をぴしゃりと打たれても、サラは声をたてて笑ったので、セスも笑いました。

大きな鳥が茂みからパッと飛びたち、空へ舞いあがりました。「ねえ」とセスが言います。「あれフクロウに見えない？　サラ、きみのフクロウじゃないの？」

「ちがうわ」

「なんでわかるの？」とセスはききました。「なんで同じフクロウじゃないと、自信をもって言えるの？」

「わたしのフクロウは死んだからよ！」サラは口走りました。

激しく言い返してしまって、ばつが悪くなりました。「その、つまり、ほんとは死んでないのよ。というのは……」ことばがとぎれました。サラは、自分が死について学んだこと、ほんとうの死はみんなの考えるものとはちがうことを、セスに説明を試みる準備ができていませんでした。

「ビリーとジェイソンが、ソロモンを撃ったの……雑木林で……彼はサッカー家の小道でわたしの腕の中で死んだわ」

セスは黙りこくりました。悪いことをきいた。かわいそうに……。このフクロウの死で、サラが深い心の傷を負ったのは明らかでした。そのとき、セスは、ふと思いあたりました。サッカー家の小道のソロモンが死んだ場所で、ぼくは死んだふりをしていたんだ！　あの日、サラが怒ったのも当然だ！

サラは涙をふきました。泣いたのをセスに見られて、恥ずかしい。ソロモンの死にまだこだわっている自分は、もっと恥ずかしい。

そのとき、フクロウが川を渡って、ロープの木のほうへと戻ってきました。木の中へ飛びこみ、セスがつくった発射台に止まって、ツリーハウスに止まって、川沿いにセスとサラのほうを見ています。

「ほら、ぼくらのツリーハウスに止まってるよ」

「うん」サラは小声で言いました。「そうね」

ソロモンが死について言ったことを思い出しました。**ぼくは大いなる喜びをもって、この肉体を**

離れたんだ。いつでも望むときに、自分のエネルギーをもっと若くて、強くて、機敏なべつの体に流しこんで、生まれ変われることを知っていたからね……。

サラは目を細め、フクロウに焦点を合わせようとしました。フクロウは木から飛びたち、セスとサラがロープで描く軌道をたどるように空高く舞いあがり、視界から消えました。ソロモン！　サラは思いました。ソロモン、あなたなの？

サラは興奮のあまり、息ができなくなりました。ソロモンがよみがえって、また小道でいっしょに過ごそうと決めたなんてことあるかしら？　もしそうなら、なんで生き返ると教えてくれなかったの？　ソロモン、と心の中で呼びかけましたが、返事はありません。サラはこのごろずっとセスと過ごしていたので、ソロモンとあまり話していませんでした。それどころか、この肉体から離れた親友と最後に話したのはいつだったか、ほとんど思い出せません。

「このあたりで川を渡ろうか」セスが言いました。

セスの声にサラはびくっとして、現実に意識が戻りました。川べりの浅瀬をそろそろと渡っていくセスのあとをついていきます。ここでは川幅が広く、流れは速くないので、下生えが茂る木立を避けて川を進むことで問題はないはずです。サラは、うっそうとした茂みをふり返って、はじめて、この道でいいのかしら、と疑いました。木立でも川でも、越えがたい場所がほかにもあるかもしれない。それでもセスは自信たっぷりに見えたので、サラは黙ってついていきました。

ぶかぶかのブーツを引きずって歩くのは重労働でした。ちがう道にすればよかった、とサラは悔やみました。疲れてきちゃった。水や果物やお菓子をつめた重いバックパックをセスが運んでくれるのがありがたいわ。

「あっちに開けた場所があるよ」セスが声をかけました。「そこで休憩にしよう」

サラはにっこりしました。また、心を読まれたみたい。セスが言いました。「お菓子を持ってきてるから、休んで食べようね」

それはいい考えだわ。

「どれぐらいの距離を歩いてきたの？」サラは尋ねました。

「たいしたことないよ」セスは答えました。「ほら、そこに見えるそれって、ガソリンスタンドの看板のてっぺんじゃない？」

「うわあ、やだあ」サラはつぶやきました。こんなすこししか進んでいないとわかって、心底がっかりしました。ガソリンスタンドといったら、まだ町の中です。

「のろい歩みだなあ」サラは言いました。「通りに出て歩いていけたら、楽なのにね。こうやって、こそこそうろつくのは骨が折れる」

セスは笑いました。「もうすこし川をたどっていこう。それから墓地の後ろの牧草地を抜けていくんだ。お墓の裏なら誰も声をかけてこないさ」

「それはどうかしら」サラは笑いました。死者に対する見方が変わっていました。ずっと思っていたように死んでいるのではないことが、わかったのです。そこでまたソロモンのことを考えました。

ふたりはお菓子を食べ終え、水を飲み、ぶかぶかのブーツをまた身につけると、上流へ進みつづけました。ほどなく、セスが思ったとおり小川の急カーブに出て、まっすぐ前に墓地がありました。

「あそこには死んだ人がどれぐらいいるのかな?」とセス。

「全員死んでるでしょ」セスはうめきました。

「サラ」セスはうめきました。

サラはくすくす笑いました。「古いジョークって、何度も掘り起こしてみる価値があるものじゃない?」

セスはまたうめきました。

「ジョークがひとり歩きすることもあるみたいね」

「サラ、やめてよ、お願いだから」

「永遠の命をもつジョークもあるみたい」サラは笑いました。

「サラ、おなかの皮がよじれて死にそうだよ。頼むからやめて!」

サラは笑いました。セスも笑いました。

「すごくすてきな古い墓石があるけど、見にいく?」サラは尋ねました。

「ううん。きょうはパス。またいつか。ほら穴をさがすためには進みつづけるほうがいい」

サラはほっとしました。墓地に入っていくのはどうも好きではありません。いつも妙な感じがしました。死者たちのせいではなく、お墓参りする大人たちが悲しげで気落ちして見えるからでした。

ソロモンのおかげで、サラの死に対する考えは劇的に変わったものの、墓地を訪れたときはとくに、ほとんどの人が死を重大な問題としているのを感じました。

「サラ、ごらんよ、またあのフクロウだ」

サラは墓地のほうを見やりました。いちばん高い塔の――というか、墓地で一本きりの塔のてっぺんにフクロウがいました。彫像のような、塔の一部のようなたたずまいです。「ぼくらをつけてきてるみたいだ」セスが驚きの声をあげました。

「うん、そうみたいね」サラが同意してふり向いたときには、フクロウの姿はありません。

「飛んでいった?」サラはききました。

「どこへ行ったんだろう、見てなかった。もう行こうか?」セスは、サラほどフクロウに関心がなさそうです。「ブーツをよこしなよ、サラ。ぼくが持っていくから」両方の靴を結びつけて肩からさげました。サラは助かりました。

「帰りも同じ道を通るの?」サラは尋ねました。

「たぶん。丘の上のほうで、もっといい帰り道が見つかることもたまにあるけどね。どうして?」

「ブーツをここに隠しておいて、帰りに取りにきたらどうかと思っただけ。すごく重いし、わたしが言ったことはお父さんにないしょにしてほしいんだけど、臭いんだもの」

セスは笑いました。「秘密は守るよ、サラ。いい考えだ」あたりを見まわし、ブーツを残していける場所をさがします。「すぐ先の古い木を見てみよう!」セスが思ったとおり、木の後ろ側には大きなうろがありました。

「こんな古い大木がどうして枯れてしまうの?」サラはききました。

「うーん、どうだろう、理由はいろいろだよ」とセス。「これはどうやら雷が落ちたみたいだね」

「へええ」サラはつぶやきました。この近くで落雷があったことなど知りませんでした。

「病気になって枯《か》れることもあるよ。それにただ老衰になることも。永遠に生きつづけるものなんてないものね?」

「そう言われてるわよね」とサラ。

セスがブーツを木の後ろのうろに押しこむと、ふたりは出発しました。ときどき農家と農家の境をなすフェンスをくぐっては、牧草地を抜けていきました。ありがたいことに、二時間以上も歩きながら、誰にも会いませんでした。あのフクロウを例外として。

「どうやったらさがす場所がわかるの?」サラはききました。このほら穴さがしはあまりいい考えじゃなかったかも。こんなに長い時間、歩くなんて思わなかった。

「あの上の岩崖が見える?」セスは丘の斜面を指さしました。「あそこの木立は?」

「うん、見える」

「その上のあそこ、暗くなった場所は? あれはほら穴だと思うんだ。確かじゃないけど、崖はいくつも見てきたからね。あの崖にはほら穴がありそうだ」

「わかった」サラは微笑しました。「見立てどおりだといいな。距離はどれぐらい?」

「そう遠くないよ。一時間かからないと思う。また休む?」

「ううん、だいじょうぶ。ただ知りたかっただけ」

ふたりはあまり話すこともなく、とぼとぼ歩きました。変なの、とサラは内心でつぶやきました。もっとずっと楽しいかと思ってた。こんなに長くかかるとは、こんなに疲れるとは予期していなかったのです。いまはさらに急な登りで、足の小指が痛くなってきました。止まって、靴を脱いで、丸まって気持ち悪くなった靴下を伸ばしたいと思いました。いやだなあ、わたしったら、とんだお荷物じゃない。セスはこのあと当分、女の子といっしょに授業をさぼったりしないわね。

「しばらくここで腰をおろそう、サラ。たびたび足を止めて休んで、飲み食いすれば、スタミナを温存できる」

「わーい、やった」サラは靴をひっぱって脱ぎました。とても気持ちがよくなりました。靴下もいったん脱いで、はき直しました。ああ、ずっと楽になった。

セスはにこにこ顔で、りんごを投げてよこします。速くて正確なパスに、サラはぱっと顔を上げ、空中のりんごを左手でキャッチ!

ふたりして笑いました。

りんごを食べ終え、生気とやる気をみなぎらせて、歩きつづけました。「ねえ」サラが声をかけます。「とってもいいお天気」元気を回復し、罪の意識はうすらぎ、目の前には下の牧草地から見えた崖がありました。

「あらら」崖に沿って生い茂った下生えを見て、サラは言いました。「これどうする?」

「ここで待ってて」とセス。「もっと楽に通れる道がないか見てくるよ」

サラはひとりになりたくなかったけど、ここをかき分けて進むのもいやでした。

「わかった」しぶしぶ答えました。

「さっさと見つからなかったら、すぐ戻るから」とセスは声を張りあげつつ、茂みの中へ姿を消しました。

「いいんだもん」サラは自分に言って、岩棚に腰かけ、ひざをつかみ、谷間の町をふり返って見ました。町の目印が見分けられるかどうかに興味がわいてきたそのとき、セスが茂みから戻りました。

「おいでよ、サラ、きっと気に入るよ。ぼくが見てきた中でも指折りのほら穴だ!」

「ほんとに?」

「うん、すごいんだ! ここを通るのはきついけれど、あとは開けた道だからね」とセスはサラが入れるように、茂みを後ろへどけました。百ヤードほど歩くと、目の前にほら穴の入り口が現れました。

「うわあ!」サラは歓声をあげました。「これが町のみんなに見つかってないなんて!」

「いや、中の壁にマークがついてたから、ぼくらが第一発見者ってわけじゃないよ。でも、きょうはほかに誰もいないし、ここ最近もそうだ。もう何年も誰もここに来てないと思う。マークがだいぶ消えてきてるからね」

セスとサラは入り口の中に立ちました。「信じられない」とサラ。「すごく広い！」

ほら穴の入り口の直径は、人の背丈ほどですが、中に入っていくと大きく開けています。天井の高さは、入り口の四倍はありそうです。その最初の大きな部屋の、壁という壁に、また天井にも、へたな筆づかいで名前や棒線画や、にこにこマークまで描かれていました。

「これを描いた人、わたしと同じぐらい絵の才能があるわね」サラは笑いました。

「うん、それに自然の美に敬意をはらってない」とセス。この美しいほら穴を汚すことに感心しないような口ぶりだと、サラにはわかりました。

「もっと奥まで行く？」とサラ。もっと見たいのと同時に、セスは「またあとで」とか、「こんどね」とか、「いや、この先には行きたくない」とか言うと思っていました。

「うん」とセスは答えました。本気でもっと見たそうです。セスの熱意を感じて、サラも勇気がいくらか出ましたが、まだこの暗い未知の世界へとぼとぼ歩いていくのは、どうも気が進みません。帰ろうだなんて口が裂けても言えやしない。それでも、一歩進むごとに足が重くなるのでした。

セスも急いでいません。新しい友だちに、ほら穴をあっさり見つけてあげたのは鼻が高いけれど、この暗い未知の世界に侵入するのは、やはり気が進まなかったのです。でも、サラをがっかりさせちゃいけない。だって、こんな遠くまで来たんだから。

セスはバックパックをおろして、中から懐中電灯をとりだしました。古くてあまり光が強くありませんが、何もないよりはずっとましです。うす明かりで後方を照らしました。「うひゃあ、このほら穴、どこまでもつづいてる！」光が弱くて奥の壁まで届きません。「サラ、こんなほら穴、見たことないよ。こいつはすごい！」

サラにはあまり励ましにならないことばです。こういう言い方のほうがよかったのに――「うん、これとまったく同じようなほら穴を何度も探検してきたよ。どれも同じさ。安全で、こわいものはいなくて、ほんとに楽しいんだ」。でもセスの声にも、サラと同様に、このほら穴に対する不安が感じられました。

セスは淡い光であたりを照らして、天井を見上げ、奥の壁を見つけようとしましたが、この巨大なスペースの頂点も背面も見つからないようです。電灯を床に戻し――と、その動きの軌道のまま、ぴたっと止まりました。「しーっ」小声で言いました。「動くな」

サラは凍《こお》りつきました。セスは何を見たの？

そこで突然、何かがはためき、ほこりがもうもうと舞って、セスの声が聞こえました。「いったい……」

セスはまわれ右をして、びっくりしたサラの顔の向こうの入り口を見て、叫びました。「見てよ、サラ、フクロウだ。あのフクロウだよ！」

サラとセスが入り口へと駆けつけたそのとき、とても大きなフクロウが、とても大きなヘビをくちばしにくわえて飛びたちました。

「サラ！」とセスは叫びました。「フクロウがぼくらを救ってくれたんだ！　あのヘビは体をとぐろに巻いて、襲いかかろうとしていた。もしもあそこにフクロウがいなかったら、ぼくはやられてたよ！」

「逃げよう！」とサラが叫んで、ほら穴から駆けだすと、セスがすぐあとを追いました。サラは難なく茂みを抜け、岩棚を進み、牧草地へと戻っていきます。ふり返って、セスがまだついてきているか確かめもしないで、牧草地から最初のフェンスをくぐり抜けかけました。

「きみはヘビはこわくないと言ったと思ったけど」セスはにやにやして言いました。

「気が変わったのよ」サラは息を切らしながら言い返しました。「ほら穴についてもね」

セスは笑いました。「へへ、ぼくもさ。とりあえずいまはね。でも、あれはすごいほら穴だよ、サラ。ふつう、ヘビはじゃまをしない。人を避ける。ぼくらが驚かせちゃったんだろうね。ねえ、あのフクロウのことは？　あれ信じられる？」

「うん、まあ、信じるわ」（ああ、セスに話すことがたくさんある！）

「もう帰ろう」セスは腕時計を見て言いました。「楽しいと、時がたつのが早いね」

「うん、まあ、そんなところね」

谷へとおりていく帰り道は、行きの登りよりはるかに楽でした。元気を回復したサラとセスは、先へ先へと進んでいきます。セスがペースを抑えて快調さを保ってくれるのを、サラはありがたく思いました。景色をながめ、丘を歩き、ときに走っておりました。

「この古いフェンス、あまり役に立ってないみたいだ」とセスは言って、金網の下側を足で押さえ、上側をひっぱりあげて、サラがすり抜けられる大きさに開きました。サラは通ったあとで同じことをしてあげ、「うん、わたしたち、ついてるね」と笑いました。

牧草地をうきうきと通りぬけ、釣り用ブーツを隠した古い大木のところへ戻りました。木に近づくにつれ、サラは気が重くなりました。あの臭くて古いブーツをはくかと思うと、いやでたまらないし、川を渡って戻るのも、まったくぞっとしない。セスもそれは感じていました。サラは感じたことを言いはしません。セスが木の後ろを登っていき、中に手を伸ばすのを見ていました。

「ねえ、サラ、もうちょっとで下校時間だ。学校の横を通っていって、下校するみんなにまぎれこむこともできる。どう思う？　やってみる気ある？」

「うん」サラは上気した顔で言いました。重い足をひきずって川を渡るよりよっぽどいいわ。おにごっこ、というか透明人間ごっこにもわくわくする。

「ブーツはぼくがあとで取りに戻るよ」

サラは心底ほっとして、「よし、じゃあ、行きましょう！」と大喜びで言いました。臭くて古いブーツを置いていけて最高にうれしかったのです。

最後の牧草地を通っていくと、下の校庭はがらんとしています。動く人影はありません。そこで終業の鐘が鳴って、ドアがばっと開いたと思ったら、校庭と駐車場は、たったいま刑務所から脱走したみたいに校舎からあふれ出た生徒と先生とで、いっぱいになりました。サラは居心地の悪さをおぼえました。いいえ、興奮だったかも――それとも、やましさでしょうか。何を感じていたのかはっきりしないうちに、長い一日を終えた学校の友だちが下校するのをながめました。自分も本来ならこの瞬間に、同じことをしているはずでした。

「オーケイ」セスが言いました。「ぼくが先に行くよ。いっしょに行かないほうがいい」

「オーケイ。あとでツリーハウスのところで会う？」

「うん、じゃあ、そこでね」セスは学校へ向かって歩みだしました。

サラが見送るうち、セスは校舎の裏へ姿を消しました。サラは靴ひもを結び、シャツを中にたくしこみ、髪をまとめた輪ゴムを引き抜いて、長い縮れっ毛を手ぐしで直します。髪にりっぱな大きさの小枝がからんでいて、笑ってしまいました。「おっと、しまった。いつからこうなってたの？」自分の見かけを気にして、声に出して言いました。そして、輪ゴムで髪をとめなおし、セスにつづいて学校の横を通りだしました。

校長のマーチャント先生が校舎から出てきたところへ、角を曲がったサラがはち合わせしました。先生はサラを見て手をふりました。

サラは心臓が止まりました。あわわわ、と心の中でつぶやきます。けれども、マーチャント先生は車に乗りこみ、バックして駐車スペースから出て、角を曲がりました。

わたしがわからなかったのかな。病気で早退したのを忘れたとか。生徒はみんな同じに見えるのかも。それとも、すっかりばれてるのに、からかわれていたりして……。サラは口が渇いて、体が急にほてってきました。「あーあ、もうすんだことはしかたないわ」

早足でロープの木へ向かいました。自分がこんなに目立つ気がするなんて、生まれてはじめてのことです。「きっと闇の中で光って見えるんだわ」ぶつぶつと言いました。

サラは生まれてこのかた、こんなはちゃめちゃな一日を過ごした記憶などありません。はなからそうなるに決まっていたのです。まる一日、親友といっしょに学校をさぼって、探検をするのですから。でも、思っていたのとは、まったくちがいました。川を渡るのは重労働だったし、臭いブーツは、この喜びの日にめぼしい貢献をしていません。ほら穴の発見はすてきだったけど、意地悪で大きなヘビに追い立てられたのは、本気でこわかった。フクロウに救われたのはすごい！　でも、マーチャント先生に見つかるなんて……。まあ、この日の終わり方として、もっと悪いことが万一あったとしても、サラにはまったく思いつきませんでした。

第16章　心の声に従うこと

　サラは校庭から走りづめでサッカー家の小道にでました。ひょいと身をかがめて道から茂みへ入ると、歩くのと走るのと半々でツリーハウスへ向かいます。セスと話したくてしかたがありません。校長先生に見つかったてんまつを知らせたいのです。この世で知る多くの人の中で、なんでよりによってわたしが唯一うそを言った相手に見つかるわけ？

「セス！」とサラは呼びかけました。

　返事はありません。

「とっくに着いてるはずなのにな」声に出して言いました。

「セス！」もう一度、大声で呼びました。見えないところまで声が届き、さがし出してくれるように願いながら。

　サラはツリーハウスの床に腰をおろし、脚を胸に引き寄せ、ひざにあごをのせました。もうくたくたでした。

「ソロモン？」サラはそっと言いました。「聞こえる？」

もちろんさ、サラ。おしゃべりする機会があってうれしいよ。何の話がしたい?

サラは目を閉じてリラックスしました。練習を重ねてきて、ほんとうに話したい大切なことがあれば、携帯ラジオとイヤホンが耳もとで曲を奏でるように、ソロモンのことばが頭の中によく聞こえるようになっています。ソロモンと話したいことが山ほどありました。

「ソロモン、セスはどこ? もうここに来てるはずなのに。捕まったんだと思う? まずいことになったのかな? きっとわたしと同じぐらいのピンチに。ああ、ソロモン、なんで学校をさぼろうなんて思ったのかしら?」

ソロモンは心配を吐きだすサラに耳を傾けていました。そして、吐きだしきったとき、語りだしました。**サラ、これはそんなに悪い状況じゃないよ。あまり大げさに考えないことだ。**

「でもソロモン、マーチャント先生はわたしが校庭に戻っていくのを見たのよ。わたしが病気で早退すると言ったの、先生は憶えていたと思う?」

ああ、サラ、その可能性はあるね。

「わたしがわたしだって、わかったかな?」

それはそうだよ、サラ。お気に入りの生徒だもの。先生がきみのことを忘れるはずはないさ。

「上等だわ、ソロモン。わたしは先生のお気に入りで、いまじゃ困ったことになってる」

どうして困ったことになったとわかるんだい、サラ?

「わかるわよ。ひどい気分。きょう、ちゃんと学校にいればよかった。わたしってすごく悪い子じゃないのかな、ソロモン。あなた怒ってる？」

サラ、きみがすることで、ぼくが怒ることなんかないよ。ぼくのきみへの愛は、きみの行動に左右されるものじゃない。ぼくのきみへの愛はゆるぎないものだ。

サラはソロモンの愛情深いことばに感謝しながら、自分はそれに値しないと思いました。

「つまり、わたしがどんなに悪い子でも愛してくれるってこと？」

ソロモンは笑みを浮かべました。**サラ、きみが悪い子になるはずはないよ。**

「うーん」サラは混乱しました。ソロモンに似た人などひとりも知りません。

サラ、ぼくにもっと認めさせるために、きみの行動を変えてほしくないんだ。むしろ、きみの内面から現れる自己の誘導システムと調和することを求めていってほしい。何かを決めるときには、ぼくがどう思うか心配だからではなく、自分がどう感じるかにもとづいて決断してほしいんだよ。

サラはいくらか気持ちがよくなってきました。いとしいソロモンが自分への信頼をなくしていないとわかって、ほっとしたのです。

ぼくは知っているよ、サラ。たいていの偽りは、えてして善意から生まれるものなのさ。

「どういうこと？」

なぜほら穴の探検を秘密にしたかったんだい？　なぜお父さん、お母さんや校長先生に知られたくなかった？

「知ったら、わたしのこと怒るもん」

彼らに愛されることはきみにとって大切かな？

「ええ」

きみは板ばさみになったんだね、サラ。彼らには自分を愛してほしい、でも、ほら穴の探検もしてみたい。計画を話さないことで、同時に両方の意図を満たそうとしたんだ。いいかい、サラ、きみが喜ばそうとする人がひとりだけなら、時を違えず、それなりの労力を払って、ありとあらゆる手を尽くして、その人を喜ばせられるかもしれない。だが、喜ばせたい相手が二人とか三人とか、もっとだったら、たちまち手に負えなくなる。唯一ほかにとるべき真実の道は、きみ自身の内面から現れる誘導システムを見つけることだ。つまりね、サラ、きみの心の声にだけ従うべきなんだ。

サラはまたすこし気持ちがよくなってきました。

きみにとって最良の選択とは何なのか、ほんとうにわかる人はほかにいない。それがわかるのはきみだけだ。

「もっと分別があると思ってる人はおおぜいいそうだけど」

善意で言っていることだ。たいがいの人はよかれと思って、きみを導こうとする。だが忘れちゃいけない。きみに訪れること、きみに起こることのすべての背後で、《引き寄せの法則》が働いている。だから、きみがいいことと共振していれば、きみにはいいことしか訪れない。

何もひどいことは起こらなかった。きみたちがこんな興味深い一日を過ごして、むしろ喜ばしいじゃないか。この探検はきっと貴重な経験になるはずだよ。一日じゅう学校にいるより、はるかに

貴重なものにね。

「じゃあ、きょう学校をさぼったことは問題ない？　マーチャント先生にうそをついたことは？」

そうだなあ、サラ、きみ自身の誘導システムを使ってチェックしてみよう。マーチャント先生に病気で早退しますと言ったとき、どう感じた？

「うーん。そのときはあまりいい気持ちがしなかったな。やましい気持ちだった。先生がわたしを信じてくれたのが心苦しかったわ」

つまり、きみのシステムは、この行動がきみの信用されたいという望みと一致しないと告げていたのさ。

学校を一日さぼって、ほら穴をさがしにいくと考えたときは、どう感じた？

「最高だと感じたわ、ソロモン。うれしくてわくわくした」

よし。だったら、きみのシステムは、これはとてもいい考えだと告げていたんだ。

「でも、ソロモン。わからないわ。どうしたら自分の望むこと、たとえばほら穴さがしが、自分の望まないこと、たとえばうそをつくことをしないで実現できるの？」

ぼくが答える前にいくつか質問させてくれ、サラ。きみの冒険の一日はどうだった？　素晴らしかった？　楽しかった？　すてきだった？　完ぺきな一日だった？

「そう、ぜんぶじゃないけど、すてきだった。とってもいいときもあったけど、つらくて、こわいこともあった。まぜこぜって感じね」

ほらね、サラ、きみの一日はきみの感じ方とみごとに一致している。それをいいとも、悪いとも感じた。そしてこの一日はまさに感じていたとおりになった。

「ということは、もしこの探検の日について、いいとだけ感じていたなら、もっぱらいい一日になってたの?」

そのとおりだ、サラ。《引き寄せの法則》はつねに正確なんだよ。

「じゃあ、出かけるために、うそをつかなくてもよかったわけ?」

そういうこと。きみたちがほら穴をさがそうと決めたとき、その考えを完全に保ちつつ、ほかの望みをついえさせないで実現させる道は、きっと開かれていたはずだ。というか、サラ、どんなことにも心地よい場所をさがすのに遅すぎることはない。ものごとは絶えず内面にかかえる感情にあわせて変化していくのだから。

「ということは、わたしがいま心地よい場所を見つけたら、マーチャント先生をがっかりさせなくてすむの?」

そうとも。きみを理解し、愛してくれる先生のことを考えさえすればいい。サラ、忘れないで。どう感じるかで調子がわかるんだ。気持ちがいいと思えば、いいことが訪れる。気持ちがよくなる考えをさがすことだ。

「わかったわ、ソロモン。やってみる。もう行くわね。セスとすべてがうまくいくように、願ってるわ」

万事良好だと思うんだよ。

「オーケイ。教えてくれてありがとう」

第17章　いい子たちか？

サラはベッドに横たわって、マーチャント校長先生のことを考えていました。胃がしめつけられる感じがして、とても強い不安が体じゅうで脈打っています。

「きょう、学校に行かなくていいなら、何でもするわ」と声に出して言いました。

気持ちがいいと思えば、いいことが訪れる。サラはソロモンのことばを思い出しました。

気持ちがよくなる考えは、なかなか見つかりません。セスはなぜツリーハウスに来なかったのか、マーチャント先生はサラのことをどう思うだろうか、親たちに知れたらどうなるかと、気がかりな想像で頭がいっぱいです。

ソロモンのことばが、サラの心の中によみがえりました。**サラ、どんなことにも心地よい場所をさがすのに遅すぎることはない。ものごとは絶えず内面にかかえる感情にあわせて変化していくのだから。**

サラはベッドに起き直って、サイドテーブルからペンと帳面を手にとりました。いつも自分を気持ちよくしてくれるものをリストにします。いちばん上に大文字で書きました。

ツリーハウス

口もとがゆるみました。ツリーハウスのことを考えると、いつも気持ちがよくなります。ほかにも書いていきました。

ツリーハウスへ登るはしご

ターザンロープ

セスの滑車とバケツ

サラは、セスがどんなに興奮しながらツリーハウスを見せてくれたか、自分がどんなに大喜びでそれを見たか思い返しました。はじめてターザンロープで川を越えたときのあの爽快さ。最初の着地で泥まみれになったのを思い出して笑いました。そしてセスが滑車とバケツを見せてくれた日の、フットボールの試合には行かずに闇の中でターザンロープをした夜のことを考えたら、不安はきれいに消えました。あらためて安らかな気持ちになり、ベッドで身を起こしていました。

マーチャント先生のことを、廊下で行きあうたびに、やさしい笑顔を向け、感じのいいことばをかけてくれることを思いました。先生が生徒をしかるときに怒ったふりをしても、目はきらきらと輝いているさまを思いました。前庭の芝生に落ちているお菓子の包み紙を拾ったり、廊下でうっかり開けっ放しにされたロッカーの扉を閉じたりするようすを目に浮かべ、先生が長時間働いていることを、土曜日には先生の車だけがたまに駐車場にあることを考えました。マーチャント先生は、校長の仕事がきっと好きなんだわ。

サラは学校まで遠まわりすることにしました。曲がりくねった森の小道を抜けていき、校長室がある建物の裏の校庭に出る道です。

茂みの中でいきなりカサカサと音がしました。誰かが急いでやってくる！　サラは足を止めて、くるりとふり向きました。何が迫ってきているのか、知りたいような、知りたくないような。ほんの一瞬、森の中をスキップしていく赤ずきんちゃんの気分になりました。そして大きな悪いオオカミみたいなこわいものが、サラを生きたまま食おうと、茂みから躍りかかって……。サラが自分のばかな空想を笑うより先に、セスが飛びだしてきて姿を現しました。

「セス！」サラは歓声をあげました。「会えてこんなにうれしいなんて！　きのうはどうしたの？　なんでツリーハウスに来なかったの？」

「校庭を横ぎるのをマーチャント先生に見つかったんだ。ほかの子たちにまぎれこもうとしたのに、いきなりはち合わせさ。前の芝生を走ってたら、校舎から出てきた先生とばったり。ぶつかって倒さなかっただけ、まだついてたね」

サラは笑いだしました。止まりませんでした。

セスも笑いました。なぜかわからないけれども、サラが笑うのが楽しくて、いっしょに笑わずにいられませんでした。

サラはやっと息をつき、なんとか二言三言しぼりだしました。「セス、これ信じないと思うけど、マーチャント先生はわたしも見つけたのよ！」

「うっそだあ。作り話なんだろ」セスは吹きだしました。

「ううん、ほんと。校舎の角を曲がるところを見られた。見つかったのがわかった」

「先生は何て言ったの?」

「何にも。わたしを見て、手をふって、車に乗っただけ」

「いったいどうなってるんだろう、サラ、信じられる? よくこんなことが起こるよね。ぼくたち、どうなるんだろう?」

「まあ、殺されることはないわ」たいしたことはないと思おうとして、サラは言いました。

「学校はだいじょうぶでも、うちの親に殺されるよ」とセス。

サラはセスに、ソロモンから教わったすべてを話したいと思いました。心地よい場所を見つけること、《引き寄せの法則》のことを。でも、いまはそんな時間はありません。

校庭に近づき、校長室がある校舎の裏の生け垣を通り越したとき、サラは通学かばんを地面に置いてそこに腰をおろしました。靴を脱いでふると、小石がころがり出てきて、芝生に落ちました。

セスは足を止めて、サラを待っています。大きな建物の陰に立っていたら、頭上の開いた窓から声が聞こえました。「しーっ」とセスは唇に指をあてて、サラにささやきました。

「なあに?」サラはささやきを返しました。

立ちあがると、マーチャント先生ともうひとりの先生が話していて、それから笑い声が聞こえました。

「いま、マーチャント先生がぼくの名前を言ったよ。きみの名前もだ！」

「うっそお！」サラが口をすべらしました。

「しーっ。静かに」

サラとセスはかがんで校舎に近づき、全身を耳にしました。サラの心臓はどくどく鳴り、口まで跳ねそうです。どちらがより悪いことなのかしら――校長先生がわたしたちについて話していることと、それを窓の下でわたしたちが盗み聞きしていることでは。

「それで、その件はどうなさるのですか？」ジョーゲンセン先生が尋ねました。

「ずいぶん考えました。じつを言うと、ほとんどひと晩じゅう、考えていました。それでお伝えしますと、おとがめなしでいいような気がしましてね」

「わかりました」

サラとセスは顔を見合わせました。自分たちの耳にしたことが、窓の下でそれを聞いたことも、とても信じられません。

「ねえ、チャック」と校長先生はジョーゲンセン先生を名前で呼び、先をつづけました。「いまどきの子どもたちのことを考えていました。彼らの生活は、私たちが子どもだったころとは大ちがいです。ひまな時間などほとんどありません。私たちのころは、すべきことも多かったですが、もっと自分の時間があったように思えます。よく古いりんご園で寝ころんでいましたっけ。一度に何時間もそうして、流れゆく雲をながめていた気がします。それでも、いちばんの心配は頭上の木からりんごを食う馬に踏みつぶされること、などというわけじゃなかった。

いつそんなひまがあったのか、ちゃんと認めてもらったのかも憶えていないが、私には考え、空想にふけり、計画を立てる時間があった。探検し、子どもであることを楽しむ時間があった。だが、いまどきの子の多くは、子どもであることを楽しめていません。スケジュールでがんじがらめで。大人は、子どもに常識がないと、すべての判断を代わりにしてやろうと決めたかのようだ。だから学校では時間割を組み、放課後の時間にまで予定をこしらえる。そんなの耐えられますか。言っておきますが、チャック、もし私がこの時代の子どもだったら、頭がおかしくなってますよ。たぶん、私でもしばしば逃げだしているでしょうね」

「おっしゃることはわかります」

「あの子たちはいい子たちです。サラのことは生まれたときから知っています。率先《そっせん》して人を助け、人によくしてやるのを何度も見てきました。それに、あの転校生、セスという名でしたか？　あの子についても、よい評判を聞いています。特別な子たちなのですよ、チャック。この一件は問題にしません。常習犯にはなるまいしね。というか、子どもらしくふるまう時間を求めるのは、そんなに悪いことでしょうか？」

一時限目の鐘が鳴って、サラとセスはぎゃっと飛びはね、頭をごつんとぶつけました。そして、両手で口をおおい、こみあげる笑いを抑えてから、息をひそめました。どうかまだ見つかりませんように。

「この件は誰にも言わないでもらえるとありがたいです、チャック。やりかたが甘いとか何とか、うわさになってほしくないのでね。これが前例になっても困る。あすはまったく考えが変わっているかもしれない。あくまで、これはこのように処理するということです、わかってもらえますね?」

「ええ、キース。わたしも同意見です。では失礼、よい一日を」

「ああ、ごきげんよう」

サラとセスは驚きで顔を見合わせました。「ツリーハウスで会おう」セスがささやきました。

「うん」サラがささやきを返しました。「じゃあね」

第18章　永遠の友

毎日、放課後に、ロープの木のところで会う約束はしましたが、なぜだかサラは、やはり校旗の下で待たなければいけない気がしました。ときどきいっしょに歩いてたって、誰も気がつかないわ。いっしょに家までか、途中まで帰る子たちはおおぜいいるもの。サラは自分にそう言い訳したのでした。

大きなドアがばたんと閉じて、セスが飛びはねるように昇降口《しょうこうぐち》の階段をおりてきます。サラが待っているのを見て、満面の笑みになりました。

「サラ、待っててくれてありがとう。ぼく、また……」

「やーい、変なやつ」後ろからレンのあざける声がサラの耳に聞こえました。

ふり向くと、レンとトミーでした。町で、いえ、世界でいちばん憎たらしい子たちが、後ろに立っていました。サラ自身はレンたちの標的にはされていませんが、彼らの容赦《ようしゃ》ない、いじめっぷりはさんざん目にしてきました。ソロモンに教わって、このふたりには注意を向けないようにようやくなれたのです。それでも、多くのクラスメイトたちがぶしつけなことばで泣かされたり、泣きそ

うになったりしていました。ばかだの、成績が悪いだの、家が貧乏だのと。レンたちがなぜ猛威をふるうようになったのか、サラにはわかりません。

「サラ、おまえの新しい変てこな友だち、誰なんだよ?」トミーがからかいます。

「やあ、ぼくはセス。生まれたときから変だったんだ。というか、物心がついたときには変だった。ずっと前に慣れちゃったよ。しばらくやってみたら、くせになるぜ。ところできみは?」セスはさっと手を伸ばしてトミーの手をとり、勢いよく握手をしました。

「トミーだ」拍子抜けした声です。

セスは心をこめて握手しました。というか、握った手をぶんぶんとふりまくりました。サラは笑いをかみ殺しました。セスは変でこっけいなキャラクターを演じながら、やけになれなれしいしぐさでトミーの手をふりつづけ、やっとのことで手を離しました。

「で、きみの名前は?」セスはレンに手をさしだしながら尋ねました。

レンはライオンに獲って食われる動物のように飛びのき、「手をあげろ」とどなられた犯人みたいな身ぶりをして、あとずさりました。「いや、いいんだ」とか何とかぶつぶつ言っています。

そしてレンとトミーは、ライオンに追われている動物みたいに逃げだしました。

サラは大笑いしました。

「どうした?」セスは苦笑しました。

「あなた天才ね、セス・モリス。こんなの生まれてはじめて見たわ」

「何のことかわからないな」セスはまた苦笑しました。

「やったね！」サラはからからと笑いました。

「よお、セス、やったね！」と誰かが通りすぎる車の中から叫びました。

セスの笑みが凍りつきました。

「どうしたの？」サラは、セスが称賛《しょうさん》の声を浴びても喜ばないのがふしぎでした。

「サラ、ぼくはあのふたりを敵にまわしたくはない。誰かの用心棒にさせられたくもない。でも、あのふたりみたいなやつは山ほど見てきた。自分がひどくだめだと思っているから、気分がよくなるためには、みんなをこき下ろすしかないんだ。それじゃうまくいかない。気分がよくはならない。だから悪くなる一方なんだよ。ぼくが望んだのは、ぼくは連中のカモじゃないと思い知らせること、それだけだ。つきまとわれたくないんだ。やつらから学校を救うのはぼくの仕事じゃない。ほかのみんなも自分の身を守ればいい」

サラはセスの確信に満ちた口ぶりに驚きました。これは新たに経験することではなく、この件についてよくよく考えてきたのは明らかです。セスの言い分を聞いていたら、ソロモンの教えと似ていることに気づかざるをえません。でも、セスがまだこのことで悩んでいるのがわかりました。

セス、とサラは心の中で言いました。あなたにソロモンのことを話すわ！

サラは、さっきレンとトミーがいきなり割りこんでくる前に、セスが何か言いかけたのを思い出しました。「ねえ、何か話があったの？」

セスが自分の考えをたどり返し、サラに話したくてわくわくするようなことをさがしています。

「ううん、べつに。いますぐ話したいことはないや。サラ、ぼく帰るよ。またあしたね」

「わかった」サラは、いまは押しとどめるべきじゃないとわかっても、面くらいました。セスは校舎から出てきたとき、とてもうれしそうでした。レンとトミーをやりこめたとき、強くて、自信にあふれていて、得意そうにすら見えました。ところが、通りすぎる車から生徒たちが称賛の声をあげたとたん、気分ががらっと変わったのです。なぜそれがセスはそんなにいやだったの？

セスはサラに、前の学校のみじめなバス通学や、いやな同級生のことは話していませんでした。そういうことは頭から追いだしていたのです――そう、きょうまでは。

「がっかり」サラは小声で言いました。セスがいっしょにターザンロープに行かないので、落ちこんでいました。ともあれ、ひとりで木にたどりつくと、セスがつくってくれた発射台へのはしごをしずしずと登って、かばんを枕にベンチに寝そべりました。

「ソロモン」サラは声に出して呼びました。「聞こえる？　何かおしゃべりがしたいの」

返事はありません。

サラは憶えていました。ソロモンが、肉体があって羽が生えた友だちから、肉体もなく羽もない友だちに変化するときに言ったことを。**サラ、ぼくたちの友情は永遠だ。それはつまり、きみがソロモンとおしゃべりしたいときはいつでも、何を話したいかをはっきりさせて、それに意識を集中させ、とてもいい気持ちを感じさえすればいい。そうすれば、ぼくはきみのもとへやってくる。**

サラは羽が生えていた大好きな友だちのことを思って、にっこりしました。そして、目を閉じ、あたたかな木もれ日を浴びた脚をほてらせながら、眠りに落ちました。

第19章　生か死か？

サラは目を開けました。どこにいるのか、しばらくわかりませんでした。「こんなことははじめてだわ」口に出して言います。「木の上でうたた寝なんて、ふつうはしないもの」

でも、ぼくはするよ。なつかしい声がはっきりと、頭の真上の枝から聞こえてきました。

サラは胸がどきどきしました。「いったいどういうこと？　ソロモン、あなたなの？　ほんとにあなたなのね⁉」

やあ、サラ。元気かい？

涙が顔をつたい落ちるなか、サラは茂る葉に目をやり、枝に止まっている大きな美しいフクロウを見つけました。

とてもいいツリーハウスだね、サラ。きみが長い時間ここで過ごすのももっともだ。

「ソロモン、ソロモン、ああ、ソロモン！　戻ったのね！　よみがえったのね！」

おやおや、サラ、なんでそう興奮するかな。ぼくはどこにも行ってやしなかったのに。

「でも、ソロモン、あなたの姿が見えるわ。羽が生えてる。生き返ったんでしょう！」

ソロモンはほほえみました。サラが喜ぶのをとても喜んでいました。

あのね、サラ、きみにも最初はぼくが見えたように、セスにもぼくの姿が見えたほうが経験しやすいだろうと思ってね。それにこのツリーハウスで過ごしたくて。

サラは笑いました。それでこそ、いとしい、やさしい、楽しいソロモンだわ。これまでの人生で最高にしあわせな気分。「ああ、ソロモン、あなたが戻ってくれてほんとうにうれしい！」

生か死かの問題を克服するのはむずかしいようだね、サラ？　いいかい、人は生きるか死ぬかじゃない。人はつねに生きている。なんで羽のあるなしがそんなに大事なんだい？

サラは笑いました。ソロモンに教わったことは――死などというものはなく、すべての存在は永遠に生きつづけるということは、ちゃんと理解していました。でも、どうしても肉体の生死を克服できません。サラは、声が聞こえるのと同じように、ソロモンの姿が見えるのが好きでした。ソロモンの素晴らしく賢い瞳をのぞきこむのが、風にそよぐ美しい羽毛を見つめるのが、驚くほど大きな翼を広げ、力強く空へ飛びたつのをながめるのが、大好きだったのです。

サラ、ぼくたちはセスに、彼自身がどんな人間かをわからせてあげることで、素晴らしい時間を過ごせるよ。セスは大切なことをたくさん考えている。そのために、セスの求めに応じるために、ぼくは戻ってきたんだ。

サラは顔をほころばせました。喜びと愛情にあふれ、熱意に奮いたっています。

ぼくたちの紹介はきみにまかせるよ、サラ。

「でも、ソロモン、何を言えばいいの？」

自分の判断で決めるんだ。きみなら言うべきことを思いつくよ。あした、セスにぼくのことを話しなさい。ぼくはころあいを見計らって、きみたちに合流する。

じゃあ、よい夜を、かわいいサラ。後日また会おう。

「ソロモン、また会えてうれしいわ」

まあね、サラ。見てもらえるのは気持ちがいい。

サラは笑いました。

ソロモンは枝から飛びたち、空でとても大きな輪をひとつ描いてから、サラの視界から去っていきました。

「やったあ！」サラの声は木にこだましました。サラは家までずっとスキップして帰りました。

第20章　ふり返らない

ええっ、うそ、雨だ！　サラには信じがたいことでした。この町ではほとんど雨なんて降らないのに。冬のあいだに雪がたくさん降って、春と夏に雪がすこしずつとけ、サラの町と下流の多くの町に必要な水を提供してくれるのです。雨はめったに降りません。

よりによって、この日に……。サラがセスに、ソロモンのことを話そうと思っていた日でした。なのに雨ではツリーハウスに行けないわ、とサラは内心でぶつぶつ言いました。

終業の鐘が鳴って、サラは校舎の中で待っていました。校庭に目をやると、生徒たちがじたばたと走りまわっていて、笑ってしまいました。みんな傘を持ってきていないのです。上着を頭からかぶったり、本を雨よけにしてみたり。誰もがまごついているようすでした。やれやれ、とサラは思いました。ちょっと濡れるだけじゃないの。体がとけちゃうとでもいうみたい。

「やあ、サラ」セスが階段を走りおりながら、声をかけました。「待っててくれてよかった。雨で帰っちゃうかと思ってたよ」

「うん、がっかり。きょうはターザンロープができないね」サラはどうせ、あまりロープで遊ぶっもりはなかったのです。ほんとうにしたいのは、セスとすわって話すことでした。

「きょうは、ロープはやめといたほうがいいけど、ツリーハウスに行くぶんにはだいじょうぶさ。けさ、学校へ来る途中に防水シートをかぶせてきた。シートの下は、ほとんど乾いてるはずだよ。それに母さんが、三十分よけいに遊んできていいってさ。雨だから、あまり家の用事がないんだ。行こうか?」

「やったあ!」サラは満面の笑みになりました。このまれな雨が、じゃまになるどころか、助けになったのです。

「ねえ、どうして防水シートをかけようと思ったの? けさは降ってなかったのに」

「母さんが、日暮れ前に雨になると言ったからさ。ひじが痛むからわかるんだ。百発百中。天から授かった才能だね」

「セスのお母さんて、おっかしいの」サラは笑いながら言いました。

「きみだって!」セスは笑い返しました。

サラは思いました。ふふ、セスったら、わたしがどんなにおかしな子かわかってきてる。

でも奇妙な理由から、サラはこのことを心配していませんでした。というより、一連の奇妙な状況そのものが、先延ばしにしてきたセスとの会話をおぜんだてしているようでした。これは絶好のタイミングだと思えました。すべてが必然の流れを感じていたかに見えます。全体が動きだして、もう引き返せない——引き返したくない、というように。

この感じは、サラがはじめて遊園地に行って、麻袋に体を入れておりる、すべり台の上で位置についたときを思い出させました。どんなにためらったか、どんなにそわそわしたか。それなのに、弟のジェイソンに後ろから押され、あっと思ったときには猛スピードでおりていました。もう引き返せない。それに、すべってみたら楽しくて、引き返したくなかった。

そう、まさにそんな感じ。そしてサラは、これから楽しいすべり台をおりていくのだと知っていました。

第21章　フクロウの先生

　サラとセスは木の高みにすわっています。「セスのお父さん、お母さんは、ここのことを知ってるのかしら?」サラは尋ねました。

「どうだろう。でも、知ってるとは思えないな。だってもし知ってたら、ここで長い時間を過ごせないだけの用事を考えだすだろうから。それでも、まだ信じられないんだけどね。ぼくが放課後どこかへ行ってることが知られてないなんて」

　サラは木に背をあずけ、脚を胸に引き寄せ、上着を脚にかけてすわっています。セスの家での暮らしの話にはいつも魅了されました。サラにはそんなにきびしい親をもつことが想像しがたいことでした。サラは責任を負わされていない、というのではありません。果たすべきつとめはたくさんありました。でも、両親はサラがしあわせに暮らし、楽しい時間を過ごせることを大切にしてくれていると、いつも感じていました。逆にしあわせのじゃまをしていると思ったことなど皆無です。サラの生活を申し分ないものにするために至れり尽くせり、というにはほど遠いものの、その妨げになるわけでもありません。

サラには、セスの両親がわざと息子につらい生活をさせているように思えます。まるで、つらい生活がセスをさらに善良にするとか、強くするとでもいうように。

「楽しめるときに、めいっぱい楽しまなくちゃね、サラ」とセスは言いました。

さあ、これ以上のタイミングはないわ、とサラは思いました。ほら、話して。ごくんと息をのみました。とっかかりのことばがどうも見つかりません。

ソロモンは、サラが苦労していることに気づいていました。

サラ、とソロモンが頭の中で呼びかけます。セスがきみの言うことを認めてくれないんじゃないかと心配してるのかい？

「たぶん」サラは声に出して言いました。

「たぶんって何が？」セスがききました。

サラはソロモンが何と言ってくるかに意識を集中するあまり、セスが声をかけたことに気づいてもいません。

サラ、セスがきみを認めてくれるかどうかと気をもむよりも、きみが彼に与えようとしている価値のことを考えてごらん。

サラの不安は消え去りました。素晴らしい思い出がよみがえってきて、その瞬間、ソロモンと出会ったことで発見した計り知れない価値の大きさに気づきました。

「もちろんよ」サラははっきりと言いました。

「もちろんって何さ?」とセス。「きみのことがこわくなってきたよ、サラ」

サラは、ツリーハウスと自分の前にすわっている友だちに意識を戻しました。

「ええと、セス、わたしの奇妙だけれど素晴らしい人生のつぎの章を聞く準備はいい?」

セスはにっこりしました。フクロウの経験談をもっと聞きたくてたまりませんでしたが、サラのほうから言いだすまで待とうと決めていたのです。「いいとも!」

「わかった、じゃあ、はじめるね」とサラ。

「氷の上でころんだ話はしたわよね。そのとき、こう言う声を聞いたと。**きみがおぼれるはずなんかないこと、忘れたのかい?**」

「憶えてるよ」

「びっくりするほど大きなフクロウを見たってことは?」

セスは熱をこめてうなずきました。

「それでつぎの日に、またそのフクロウをさがしに行ったの。雑木林に入っていったら、わたしの真ん前の柵の柱に止まっていた」

「ぼくはフクロウをたくさん見てきたけど」とセスが口をはさみました。「そんなに近づいたことないや。こわかった?」

サラはひとつ深呼吸をしました。「ううん、こわいとは思わなかった。何もかもが急なことだったから。フクロウはわたしに言ったわ。**こんにちは、サラ、きょうはすてきな日じゃないかい?**

って」

サラはゆっくりと、セスの顔を見て反応をさぐりながら話しましたが、セスは無表情です。なお悪いわ。笑ってくれればよかった。そうしたら、ぜんぶセスをからかうための作り話ってことにできたのに。そうしたら、ターザンロープで遊んで忘れてしまえたのに。

「つづけて」セスはおもむろに言いました。

「ええと、口とか、くちばしとかは動いてなかったけど、フクロウの考えてることがわたしには聞こえたの。わたしの名前を知っていて、わたしを待っていたと言ったわ。自分は先生で、きみも先生なんだって。彼は何でも知ってるのよ、セス。おかしくて、頭がよくって、話したいことを何でも話してくれる。万事は良好だと、わたしたちの人生に起こることは自分たちが起こしているんだと言うの」

サラは口がからからに渇いて、パニックに陥りそうでした。ここまで来たら、もう引き返せないけれども、全身がしびれる感じがして、話を進めるのも無理でした。このことは誰にも話したことがなかったのです。

「サラ、信じられない！　これってとっても変だ！」

「ああ、話すんじゃなかった！」

「ちがうんだ、サラ、きみのことは信じる。信じてるよ。つまり、変だと思ったのは、ぼくも鳥と話したことがあるからだ。というか、話したと思った。一度きりだったから、その後は夢か幻覚でも見たんだと考えていた。誰にも話したりしなかった。話してたら、家に監禁されていたよ！」

サラは心底ほっとしました。「ほんとに！　鳥と話したの？」

「赤い鳥だったな。ある日、夕食のための猟をしてたときだ。うちでは銃で撃つか素手で捕まえるかしたものを食べるのに慣れてるから……」

「ふうん」サラはつぶやきました。セスの生活はだいぶ自分のとちがうんだわ。

「……それである日、ぼくは牧草地の切り株にすわって、獲物《えもの》が現れるのを待ってたんだ。そこへその赤い鳥がやってきて、目の前の柵に止まった。ぼくがねらいをつけた鳥が、こっちを見ていた。ぼくは撃った。

鳥は柵から雪の中へ落ちた。真っ赤な体が白い雪に映えていた。

そばに行って鳥を見て思った。ああっ、なんで撃ったんだ？　食べるには小さすぎる。ひどく後悔した。大切な命をむだにしたと思った」

セスのほおを涙がぽろぽろとこぼれました。

「そのとき、鳥がぼくに語りかけたんだ。ぼくの名前まで知っていた」

「何て言ったの？」

「セス、後悔しなくていいよ。むだなんてことはないし、死なんてものはない。すべては順調。万事は良好。それでも、このときを最後に、ぼくは銃を撃っていない」

「わあ！」サラの目にも涙があふれました。「それって、いかにもソロモンが言いそう」

セスは袖で顔をぬぐい、サラも同じことをしました。ふたりはツリーハウスの中で胸をいっぱいにしていました。どちらも口を開きませんでした。

ソロモンはツリーハウスの上空を飛びまわり、登場の絶好の機会を見計らっていました。**これ以上のタイミングはないな、**とソロモンは言って、空からまっさかさまに飛びおり、川へダイビングするかに見えました。が、すんでのところで体をぱっと引き上げ、ツリーハウスめざして舞いあがり、セスとサラから数フィートの枝に止まりました。

「わっ、ルイーズ！」とセスが叫んで飛びはねました。

その赤い鳥はルイーズといったのかい？　いい名前だ。ソロモンは微笑しました。**だが、サラはぼくをソロモンと呼んでいる。**

セスは脚で体を支えられないかのようにベンチにへたりこみ、驚きの目をサラへ向けました。サラはにやっとして肩をすくめました。「何て言ったらいい？」

その晩、サラはかつてない満足をおぼえながらベッドに入りました。ソロモンの肉体が復活して、また見たり触れたりできるあの興奮といったら……。胸がいっぱいになったわ。そのうえ、世界でいちばんの親友ふたりを引き合わせられて、とにかくもう最高。しかもサラの目には、ソロモンとセスがたがいに好意をもったことは明らかでした。

サラはベッドにもぐりこんで毛布を頭の上までひっぱり上げました。とても、とても、しあわせな気分でした。

第22章　いっしょに飛ぼう

サラは夜中に目が覚めました。部屋はとても暗くて、一瞬、いぶかしみました。なんで起きちゃったんだろう。と、そこで、遠くの隅の天井近くが、ほの白く光っていることに気づきました。
「いったい何⁉」と叫んでベッドに起き直ると、もっとよく見ようとして寝ぼけた目をこすりました。
光は徐々に明るくなり、目を開けると、はっきりとソロモンの精が見えました。美しい羽をもつ友だちの幽霊バージョンみたいです。
「ソロモン？」サラは問いかけました。「あなたなの？」

こんばんは、サラ。起こしてかまわなかったろうね。ぼくたちといっしょに飛びたいんじゃないかと思って。

「もちろんよ。当然わたしは……ぼくたち？　ぼくたちって誰のこと？」

今夜、セスはツリーハウスにいて、ターザンロープをしているよ。うれしさのあまり、眠れなかったんだ。夜間飛行をするには絶好のタイミングじゃないだろうか。きみはどう思う？

サラはうれしくて胸がはち切れんばかりです。ソロモンがいざなってくれた夜の飛行を忘れてはいませんが、すっかりごぶさたでした。それ以前にもそれ以後にも、この飛行の素晴らしさ、美しさに迫る経験はしたことがありません。そして、いま、ソロモンがまた誘ってくれていて、何より、友だちのセスもいっしょに来るというのです。

着替えてツリーハウスにおいで、サラ。セスはきみに会えて喜ぶだろう。そこで会おう。

「すてきだわ、ソロモン。じゃあ、そこでね」

ソロモンは姿を消しました。

サラはベッドを抜けだし、静かに着替えました。以前、ソロモンと飛んだときのことを思い出しました。真冬だというのに、寝間着で飛んでいても快適そのものでした。だから厚着をする必要があるのか疑わしいけれど、外は氷点下に近い寒さのはずだから、正解だろうと思えました。そっと裏口から出て、裏庭を通って、サッカー家の小道へと向かいました。

月は見えず、とても暗い夜でした。でも歩くうちに闇に目が慣れてきて、勝手知ったる小道を難なくたどり、直感や手さぐりで木立を進みました。夜中に外でひとりぼっちだというのに、ちっともこわくないことに気づいて、サラは笑顔になりました。

木立の中でヒューッという音が聞こえました。足を止め、耳をすませました。すると、ヒューッ……ヒューッ……ヒューッ……そして、ドサッ。サラはほほえみました。

ソロモンが言ったように、セスはターザンロープをしていました。サラは陰に隠れて、立ちつくしています。どうしたらセスを驚かせないで、ここにいると知らせられる？

サラは両手で口をかこんで、「ホー、ホー、ホー……」とフクロウの鳴き声をまねて、呼びかけました。

セスはその声を聞いて、ぴたっと足を止めました。

「ホー、ホー、ホー……」サラはまた呼びかけます。

「ソロモン、きみなの？」セスが問いかけます。

サラはほくそ笑みました。

セスは両手で口をかこんで声を返しました。「ホー、ホー、ホー……」

「ホー、ホー、ホー……」とサラが応答し、

「ホー、ホー、ホー……」とセスがまた返します。

「だーれーだ？」サラがのどを鳴らして言い、くすくす笑いました。

セスは声で誰だかわかりました。「サラ、ここでいったい何してるの！」

「それはこっちのせりふ」サラは笑いながら言いました。「フクロウの鳴き声はごめんね。あなたを驚かせたくなかったから」

「ぼく眠れなくてさ、サラ。このソロモンの話がすごいなあって。ほんとのことだなんて信じられない。夢を見たんじゃないかとずっと疑ってるんだ」

「わかるわ。わたしも最初ソロモンと会った翌朝、目が覚めて、夢だったんだと思った。あるいは気が変になったか。やっぱり誰にも言わなかったの、気がちがったと思われるに決まってる、って

ね。でも、そうじゃないわ、セス。素晴らしいことよ。しかも、現実のことなの」

「わかるよ。すごいんだけど、ちょっと変なんだ。このことを話しあえてうれしいよ」

「もっと変になりそうな考えがあるんだけど」

「どういうこと、サラ?」

「あのね、一時間ほど前にソロモンがわたしを起こして、あなたがツリーハウスにいると言ったの。それで、ここで待ち合わせて、三人でいっしょに空を飛ぼうって」

セスとサラの頭上から声が聞こえてきました。**ホー、ホー、ホー……。**サラは笑いました。ソロモンだとわかっています。でも、知りあってこのかた、ソロモンがこんなふうに鳴くのははじめて聞きました。**ホー、ホー、ホー……。**

「ハーイ、ソロモン」サラにはわかっていました。わたしたちをからかって、フクロウの鳴き声で話しかけてるんだわ。

こんばんは、かわいいフクロウ仲間たち。いっしょに空を飛ぶ用意はできているかな? ソロモンはふたりの頭の真上の枝におりたちました。

「ほんとに、ソロモン?」セスは叫びました。「いっしょに空を飛べるの? うっわあ、信じられない!」

セス、きみは飛んだことがあったよね? きみの農家を見おろせる田園を何度も飛んだ記憶があるように思うが。

「ああ、夢の話だね。うん、しょっちゅうやってたよ。というか、毎日のように夢の中で飛んでた。でも、飛ぶ夢を見なくなった。なぜだかわからないけど、たぶん、ギリランド先生に言われたことのせいだ」

「何を言われたの？」とサラ。

「飛ぶ夢を見るのは、いけないことだって」

「いったい飛ぶ夢のどこがいけないっていうの？」サラは声を張りあげました。「人間が見られるおよそ最高の夢なのに」

「先生は、飛ぶ夢には性的な意味があるって」セスは口をすべらしてから赤くなりました。サラの前でそんなことを言ったなんて信じられません。

サラも顔を赤くしました。

「翌日の晩、ぼくはいつもどおり、農場と湖の上空を飛んでいた。そして、ほら穴に飛びこんだ。入っていけばいくほど狭くなった。奥へ奥へと飛びつづけ、しまいにはすき間に体がはさまった——そして抜けなくなった」

「それからどうなったの？」とサラ。

「目が覚めた——それが飛ぶ夢を見た最後だった」

サラはびっくり仰天していました。

ソロモンは微笑しました。さてと、セス。そろそろ、そのほら穴の、ほかの人の考えの束縛《そくばく》から解き放たれていいころだろう。また飛んでもいいころあいだ。

「心の準備はできてる。どうしたらいい？」

サラ、きみがセスに説明してはどうかな？

「ええと」サラは口ごもって、自分が最初に飛んだときの指示を思い出そうとしました。

「まずは心から飛びたいと思うこと」

「うん、思ってる！」とセス。

「それから」サラはつづけました。「飛ぶことの感情の場を見つけること」

「飛ぶことの感情の場を見つけるって、どういう意味？」

「ええと、それはね、空を飛ぶことがどんな感じがするか、どんなに楽しいと思うかを、憶えておくことよ」

「簡単さ」とセス。その瞬間、セスとサラの体の中に、ヒューッという感触が走って、息をのみました。そして上へ、上へ、上へとただよい、木のてっぺんから上空に浮きあがりました。

「ターザンロープはすごいと思ったけど、これにはびっくりだよ、サラ！」

サラは顔を輝かせました。ソロモンと飛ぶのは大好きだったけれども、セスがはじめて飛ぶのを見るのは、もっとすてきでした。

サラ、今夜セスに町を案内するのはきみにまかせるよ。楽しんでおいで。話のつづきは、またあしたにしよう。

ソロモンは遠くへ飛び去っていきました。

「どこへ?」セスの声は、サラがこれまで聞いたことがないほど高揚しています。

「あなたが行きたいと思うところなら、どこへでも」サラは自分がはじめて飛んだときのソロモンのことばを思い出しました。

「ほら穴へ行こう」セスはそちらへ向かいました。

サラはあとをついていきます。笑って言いました。「これって落馬させられた馬にまた乗るみたいなこと?」(セスの最後の飛ぶ夢が、ほら穴のすき間に体がはさまるという悲惨な終わり方をしたのに、進んでそこへ戻ろうとするのは、おかしいと思ったからです。)

「うん、そんなようなことさ」セスは答えました。

ふたりは夜の空高く舞いあがり、渡っていき、川へ舞いおりていって、急いでほら穴へ向かいました。

「川を渡るより早いね」

「もちろん」サラは答えました。

セスはほら穴の入り口へと飛びこみました。

サラはあとにつづきました。

こわくなんかありません。

「おーい、おーい!」

〝おーい、おーい！〟ほら穴がこだまを返しました。

ゆるやかに飛んで奥へ進んでいくと、狭いトンネルから、とても大きな部屋に出ました。そこで飛行を止め、空中にただよって、この広いスペースを見おろしました。

ほら穴の壁と天井には動物の絵が描かれています。

「この絵を描くのに、どうやってこの高さまでのぼってきたんだろう？」

「わたしたちがいまいる高さってこと？」サラは笑いました。「このほら穴で飛んだのは、わたしたちが最初じゃないのかもね」

サラとセスは穴の奥へゆっくり飛んでいきました。「セス、このほら穴、巨大だわ！　もう何マイルも進んできてる」

またべつの長い通路を飛んでいくと、またべつの広い部屋に出ました。そこから、またべつの通路へ、つぎからつぎへと進んでいき……。サラはセスの後ろをついていきながら、驚きあきれていました。生まれたときから住んでいる町のすぐ上の山に、こんなとてつもないものがあったと知らずにいたなんて。

奥へ奥へと飛んでいきます。自分のしていることがわかってるんでしょうね、セス！　サラは、トンネルがどんどん狭くなっていることに気づき、セスのひどい悪夢を思い出して、こわくなってきました。

つぎの角を曲がったとたん、サラは息をのみました。正面で、トンネルがいきなり行き止まりになっているようなのに、セスはまっすぐに飛びつづけます。巨大な岩壁へと頭からつっこみそうに見えて、サラが悲鳴をあげかけたそのとき、セスの姿が、視界から忽然《こつぜん》と消えました。トンネルが上向きに変わっていて、セスは急上昇して、月光のもとへ出ていました。サラも急いで上昇して、セスのすぐあとに、ほら穴から出ていきます。

セスのヤッホーという歓声《かんせい》が谷間にこだましました。

そうか、セスはほら穴の悪夢から解放されたのね、とサラは思いました。

「ほら、サラ、月が出てる！」セスが急降下して谷を渡りながら、呼びかけました。

「サラ、ずっと空を飛んでいたいよ。永遠に！」

サラは自分のはじめての素晴らしい飛行のとき、まったく同じことを思ったのを憶えていました。

「でも心配かけないうちに家に帰らなくちゃね。もう夜明けだ」

「ツリーハウスまで競争よ」とサラが声を張りあげ、すばやく飛び去ると、

「ずるいよ」とセスが叫んで、必死に追いつこうとします。

セスが追いついたとき、サラはツリーハウスのはるか高みの木の上に浮かんでいました。

セスがとなりに飛んでいくと、ふたりはいっしょに宙をただよ

って、くすくす笑いました。

「ほら、セス、すてきなおり方をやって見せるわね。一方の足のつま先で立つみたいにしておりていくのよ」

サラとセスは手をつないで、片足を伸ばして、下へ、下へ、下へとおりていき、ツリーハウスの中へと落下しました。

「わあ！」とセス。

「ほらね」とサラ。

「このあと一生すてきな経験ができなくても、これでじゅうぶんだよ！」

「わたしもそう言ってたっけ」とサラは笑いました。「でも、いい経験をすればするほど、もっと求めるようになるとわかってきた。ソロモンはそれがふつうだって。欲張りなんかじゃないって。わたしたちは華々しい人生を送ることになってるんだって」

「いい話だね、サラ。家まで送っていく?」セスは尋ねました。

「ううん、だいじょうぶ。じゃあ、あしたね」

「うん、じゃあね、サラ。ありがとう」

第23章　引き寄せの法則

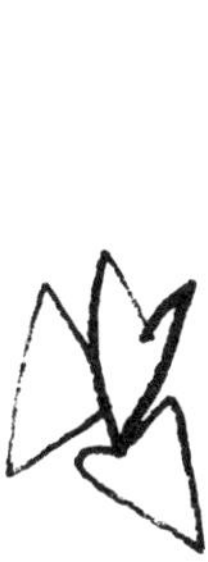

サラとセスは、木の上のツリーハウスにいました。木もれ日が、ふたりのすわっている発射台に動く影もようを落としています。サラは、もっと日ざしを受けようと、体をさっと動かしました。ちょっと寒いぐらいに感じて、そのあと、あたたかな日ざしを浴びるのが大好きなのです。

セスはすっかりくつろいだサラを見ていました。とてもリラックスしているのが目につきました。反対に、自分はちっともくつろげません。まずはベンチにすわってもぞもぞして、そのあと、発射台に腰をおろしてベンチに背をもたれました。なんでこんなに落ちつかないんだろう、とセスは思いました。

ソロモンはふたりの頭上の枝に止まり、準備ができるのを待っています。古くからの生徒サラが、ソロモンと早く話したくてたまらないながらも、くつろいで日の光を浴びている一方、新たに生徒になったばかりのセスが不安と闘っているさまを見て、ソロモンは微笑しました。

これもじきにおさまる。ソロモンの考えが、待っている生徒たちに木もれ日のように降りそそぎ、セスは深呼吸をして、背をそらせ、リラックスしました。

さて、羽のない親友たちよ、きょうは何の話をしようか？　ソロモンが切りだしました。

サラとセスの顔がほころびます。

ほんとうにいい天気だね。　ソロモンはつけ加えました。

「ほんとに」セスが言いました。

サラはほほえみました。セスは素晴らしい喜びを味わおうとしてるんだわ。ソロモンと話すのは大好き。セスもきっと同じ気持ちになるはず。サラがソロモンと会話をはじめて早いうちに気づいたのは、サラが話したいことがないと、この賢い友はあまりしゃべらないということです。それに、話題をさがすのは、けっしてむずかしくありません。学校や家庭での生活とは、説明してほしい状況の連続のようです。そしてサラが説明を、確固とした答えを求めることに、ソロモンはかならず進んで助けてくれる用意があるのでした。

サラは思い出しました。最初のうちは、たくさんの理解しがたいことが――不公平だとか、不当だとか、ひどくまちがっていると思えたことがありました。でも、さまざまな状況について話していくうちに、サラにはソロモンの考え方の基本がわかってきました。同時に、毎日の生活でわきあがる多くの疑問に自分なりの答えを見つけられるようになったのです。

サラが気づいたもっとも重要なこと、ソロモンという友と出会ってから生活に起こった変化は、幸福感がつづいていることでした。ソロモンはサラに、いつ何時、どんなふうに見えても、じつは万事は良好であることを理解するよう手伝ってくれました。サラは理解しがたくて、ソロモンと口論したりもしたけれど、やっとそれが真実とわかったのでした。

ソロモンはじっと待っていました。セスは何が起こるのかわかりませんでした。サラははじめました。

「さあ、セス、ソロモンにききたいことを何でもきいて。何でも答えてくれるわ」

セスは姿勢を正しました。

「疑問に思ってきた重要なことは？」サラはつづけました。

セスはひざをかかえるようにすわり、両手を組んで親指をくるくるとまわしています。考えこんでいるようすでした。

「うん、そう、いろんなことを考えてきた。四歳のころから疑問がたまってるんだ」

セスの頭はめまぐるしく回転して、焦点《しょうてん》が定まりません。誰であれ、たとえ飛ぶことを教えてくれたこの驚くべきフクロウでも、自分がかかえる疑問のすべてに答えられるとは信じがたいことでした。

ええと、セス、とソロモンが穏やかに切りだしました。**いい知らせは、すべてを一度に尋ねなくていいことだ。もうひとつのいい知らせは、答えは際限なく出てくるということ。量にも時間にも制限はない。好きなだけ時間を使って、質問をつづけていいんだよ。**

「じゃあ、悪い知らせは？」とセス。

それが心配かい？　悪い知らせはないよ、セス。ソロモンは微笑しました。

サラは木にもたれて、にこにこしています。このやりとりをすでに楽しんでいました。

セスの焦点が定まりはじめ、疑問に思っていたことが頭にどっと押し寄せてきました。

「わかった、ソロモン。いくつか質問がある。なんで人生はこんなに不公平なのかな？　つまりさ、どうしていい人生を送る人と、ひどい人生を送る人がいるの？　……なぜ人はおたがいに意地悪になることが許されるの？　……どうして悪いことが起こるの？　……なんで人は死んだり病気になったりする？　なんで動物を殺して食べなきゃならない？　……なぜ洪水で流される農家がある一方で、雨が降らないから作物が育たなくて飢えてる人たちがいる？　……なぜたいていの人は毎日あくせく働いて、疲れはてて、よく働いた証《あか》しも残せないで死んでいく？　……それになぜ国どうしが戦争する？　なぜよその国をほうっておかない？　なぜ……？」

サラはびっくり仰天でした。こんな短時間にたくさんの質問をする人は、生まれてこのかた見たことがありません。セスったら、わたしが最初の五カ月でしたよりたくさんの質問を最初の五分でしちゃったわ、と内心でつぶやきました。

セスはつづけています。「この国に先に住んでた人たちはどうなった？　白人はどんな権利があって彼らの土地をとりあげ、生活をめちゃくちゃにした？」

サラはソロモンを見ました。いくらソロモンでも、こんなにたくさんの質問をいっぺんに聞いたことはないんじゃないかしら。

ソロモンはじっと耳をすましています。

やっと終わりました。セスはソロモンを見上げ、木に背をあずけました。呼吸が荒く、ほとんどあえいでいます。

ソロモンが口を開きました。**さて、セス。こんな格言がある。「求めれば与えられる」きみより多くの答えを求めた人に会ったことはない、と思う。そして、ぼくはきみの質問に逐一答えると、いくらでも質問していいと約束した。はじめは、答えにしごく満足とはいかないこともあるだろう。だが、いずれ、理解したいと望むことはすべて理解される。ぼくたちは素晴らしい時間をともに過ごせるだろう。それは確かだ。**

サラは、セスの質問の口ぶりに驚いていました。怒ってるみたい。不公平さに、すごくこだわってる。

ソロモンはサラを見ました。**セスの質問で、きみの最初の質問を思い出したよ。**

サラは不意をつかれました。セスとソロモンとが話しあっているので、ソロモンがつねにサラの頭の中にあることを知っているのを忘れかけていました。自分がソロモンに最初にした質問を思い出そうとしました。ずいぶん昔のことのようです。

ドナルドのこと、憶えているかい？　ソロモンの声が頭の中で聞こえました。

サラの口もとがゆるみました。ああ、そうね。憶えてるわ。

サラはゆったりとすわって、いじめっ子たちが転校生のドナルドをからかっているのを見たとき、どんなに腹を立てていたかを思い出しました。この激しい感情は、あのときは生々しかったのに、いまではとてもおぼろげに感じられます。また木にもたれて、自分がこんなに遠くまで来たのだと実感しました。

サラは、熱心にソロモンに質問を浴びせるセスを見つめ、そのことをとてもいとおしみました。ソロモンがセスと会話しながら――セスの問いかけを逐一つかみながら――同時にサラと頭の中で議論していることに、驚きました。この発見に反応したものらしい喜びが胸にわきたちます。ソロモンとのやりとりが新しいレベルへ進んだことに気づき、サラは興奮に身を震わせました。

生まれながらの教師は、ほかの教師の活躍を見ると、つねに心満たされるものなんだよ、サラ。ソロモンの声が頭の中に聞こえました。**これから素晴らしい展開になることだろう。**

サラは笑みを浮かべました。待ちきれないわ。

ソロモンとセスが話していることに意識を集中しました。セスは、いまは黙っています。ソロモンが語りだしました。

セス、とてもいい質問だね。きみが深く考えてきたことがわかるよ。さてと、どこからはじめようか？

サラ、セス、ソロモンは無言です。セスがソロモンに質問を浴びせたあとでは、なおさら静かに感じられます。ソロモンはすぐには口を開きません。セスの質問すべてを計算して、整然と答えを並べようとしているように、サラには思えました。

ソロモンが言います。**これが出発点だ。まずこれを理解しないことには、ほかの答えは合点がい**

かないだろう。この世には不公平なんてものはないんだよ。

サラは視線をさっとソロモンからセスへと移しました。つかのまの沈黙。サラは落ちつきません。この答えではセスは納得しない。尋ねたのはどれも不公平についてだもの。ソロモンはそのセスが知りたいことの根本をひとことで切って捨てたようなものだわ。

セスの顔はこわばりましたが、考えをまとめて反論する前に、ソロモンはつづけました。

セス、個別の問題について話しあうより先に、この素晴らしい宇宙がどう動いているか理解してほしいんだ。そして、その基本をつかんで、自分の生活でそれを観察する機会を得れば、きみの生活だけでなく、ほかのみんなの生活も絶えず影響されていることが理解しやすくなる。

セスは姿勢を正し、ソロモンをじっと見つめました。サラは笑みがこみあげました。ソロモンがセスに《引き寄せの法則》を説明しだすのが待ちきれません。

この町に、住む人に影響を与える決まりはあるかな?

「もちろん。たくさんあるさ」セスが答えました。

ひとつ例をあげて。

「スピード制限がある。本通りは時速三十五マイルでしか走っちゃいけないんだ」

では、時速三十五マイルの制限と重力の法則とで、どちらの影響力が大きいかな?

セスはにやっとしました。「簡単さ、ソロモン。重力のほうがスピード制限よりずっと重要に決まってるよ」

どうして？

「だって」セスは勢いこんでつづけます。「時速三十五マイルの規則に影響される人は一部だけど、重力の法則にはみんなが影響されてるから」

ソロモンは笑みを見せました。そうだね。時速三十五マイルの決まりはあっさり破られることもある。重力の法則から逃れるのはそう簡単じゃない。

「だよね」セスは笑いました。

もうひとつ、ずっと影響力の大きい法則があるよ。重力の法則よりも重要なもの、それが《引き寄せの法則》だ。重力の法則がこの惑星に存在するすべてのものに影響するように、《引き寄せの法則》はあらゆる時間、空間に、時空を超えて、全宇宙に存在するすべてのものに影響を与える。もっといえば、この《引き寄せの法則》は存在するすべてのものの基本になっているんだ。

ソロモンはセスの注意をひきつけました。セスは身をのりだして待っています。

《引き寄せの法則》とは——簡単にいうと、「それ自体に似たものを引き寄せる」ということだ。もうすこし込み入った話をすると、宇宙のすべてのものは波動を発信していて、同じものどうしが磁石のように引きつけあうんだ。

サラは、セスの顔をまじまじと見ました。こうした新しい考えを把握《はあく》するのが、自分には最初はとてもむずかしかったのを思い出しました。セスはどうやっているんだろう。

「つまり、無線信号みたいなもの？」セスは尋ねました。

とてもよく似たものだ、とソロモンは答えました。

サラは笑顔になりました。

いいかい、セス。宇宙は波動でつながっているんだ。すべては振動している。そしてこの波動をとおして、ものごとはくっついたり分かれたりする。それ自体に似たものを引き寄せるんだよ。

「でも、どうやって同じ波動を出してるとわかるの?」

あたりを見まわせば、集まっているものが見えるだろう。それがひとつの方法だ。それに練習を積めば、ものどうしが現にくっつく前に、波動を読みとれるようになる。はっきり形となって現れるより先に受信できるんだ。

「ふうん」セスは考えこんでいます。「かっこいいな」

サラはまたにっこりしました。うまくいきそう。

「ぼくも信号を出してるの?」

そうとも、出しているよ。

「みんなも?」

ああ、そうだ。

「じゃあ、自分がどんな信号を出しているか、どうしたらわかるの?」

それはきみの感じ方と、どんなことが起こるかでわかるんだ。

「ほかの人たちが出してる信号の種類もわかるわけ?」

ほかの人たちの信号を把握するのはきみの仕事じゃないが、彼らに起こること、彼らの感じ方を見ていればわかるよ。態度や気分にその人の調子がはっきりと表れる。

「それで、どうすれば自分の波動とかに同調できるの?」

それもきみの仕事じゃない。《引き寄せの法則》の働きで同調が起こるんだよ。

「意識して信号を出すことはできるの?」

ああ、もちろん。意識して波動を出すことはできる――ぼくがここに来たのは、それを教えるためだ。

「きゃあ!」サラは悲鳴に近い歓声をあげました。うきうきして木から飛びたちそうです。セスの頭脳明晰さにとても感心し、効果的な質問をして、ソロモンの答えを容易に理解するようすに心を奪われました。

つづきはまたあした。ソロモンが言いました。

「えーっ、もう?」セスは不平をもらしました。こんなに早く終わりたくなかったのです。「ほかにも、ええと、数え切れないほど質問があるんだ。もうおしまいなの?」

セス、きみが尋ねたことすべてについて、もっと話すよ。はじめの何日かは、ひとつ答えを得るごとに何十という新しい疑問がわいてくるだろう。だが、自分でも気づかないうちに理解の土台ができてきて、知りたいことはみなたやすく解決するようになる。

きょうのやりとりはとても楽しかったよ。

「うん、ソロモン」サラとセスは声をひとつに、あいづちをうちました。

ほら、ごらん。ふたつの存在がみごとに同調した。

サラとセスが顔を見合わせるあいだに、ソロモンは木から飛びたって姿を消しました。

「ね、すてきでしょ?」とサラが言いました。

「ほんとだ」とセスが答えました。

第24章　波動に注意

セスとサラはツリーハウスで待ち合わせ、ソロモンを待っていました。

「ソロモン、どこへ行ったんだろう」とサラ。

突然、激しい風が吹きつけ、木の葉がはらはらと散りました。サラはほこりが入った目をしばたたき、こすりました。セスは口に入った砂と葉っぱを吐きだしました。そしてこの騒ぎのさなかに、ソロモンが発射台へ飛びおりてきました。

セスとサラはびっくりして飛びあがりました。

すまないね、とソロモンが言いました。**新しい着地を試していたんだ。これは工夫しないといけないな。**

サラは混乱しました。出会ってからこっち、ソロモンがこんなことをするところを見たことがなかったのです。

「つまり、ソロモンでもまだ学ぶことがあるってこと?」セスは驚き顔で尋ねました。

もちろん。ぼくたちは、いまの自分以上のものになりつづけているんだ。

「でも、ソロモンは何でも知ってるかと思ってた！」セスとサラの声がそろいました。

ソロモンは微笑しました。それのどこがおもしろいんだい？　というか、とても悲しい状態じゃないのかな。発見すべきものはすべて発見してしまい、ほんとうにこれっきりで、もうおしまいだなんて。そんなものはないと断言するよ。もうおしまいなんてことはない。いつまでも、永遠につづく、喜ばしい時だけが前途にあるんだ。

ソロモンは発射台に止まって、くちばしで乱れた羽を直しました。ほら、ずっとよくなったろう。さて、どこからはじめようか？

「ええと」セスが口を開きました。「ゆうべ、ぼくも自分の信号を出してるって言われたことについて、ずっと考えてた。なぜだかわからないけど、何度も頭によみがえってきて。意味もよくわかってないのに、とにかく考えつづけたんだ」

ソロモンは笑いました。ぼくたちが話したことの中でそれがいちばん頭に残ってるのは、とてもうれしいよ。だって、ぼくが教えるべきことの中でそれがいちばん大切なのだから。

サラは興味をひかれて身をのりだしました。ソロモンは、サラに教えたのとほとんど同じことを言いながらも、セスにはちがうことばを使っていくようです。ソロモンがいちばん大切だと言ったことを自分が理解したかどうか確認したくなりました。

まずは、どのように信号を出すのかを理解しなければならない。きみの信号は、きみが感知していることに関係がある。

「感知していること?」

そうだ。きみが注意を向けていること、きみが意識を集中していることさ。たとえば、何かを思い出しているとき、きみは波動の信号を出している。何かを観察しているとき、見つめているとき、考えているとき、きみは信号を出している。思案したり、勉強したり、調べたり、想像したりするときにも、信号を出しているんだ。

「何か話してるときは?」

なおさらだ。というのも、何かについて話すときは意識を集中するものだから。

「うわあ、ソロモン、たいがい何をするときでも信号を出してるみたいだね」

いいぞ、セス。そのとおりだ。宇宙はつねにきみの信号とそれに似たものを同調させているのだから、意識して自分の信号を出せるのは、とてもいいことなんだ。

「うん、それはわかるよ、ソロモン。でも、何かひどいものを見たときはどうなるの? 何か悪いものとか、まちがってるものを。そのとき、ぼくの信号はどうなる?」

きみの信号はかならずきみが注意を向けているものに影響される。

サラはセスを見守っています。セスが悩んでいるのが伝わってきました。サラ自身も、最初この部分はとても理解しがたかったのです。

「でも、ソロモン。そもそもの始めに、どこが具合が悪いのかに注意を向けなかったら、状況をよくすることなんかできないいんじゃない?」

たしかに、そもそもの始めにそこに注意を向けるのは適切なことだ。そうしないと、どうしたら助けになるか、どうすればよくなるか、何が求められているかを決められない。大切なのは、なるべく早くに望ましい方向、求められるものを見きわめて、そこへ注意を集中させることだ。すると宇宙がそこへ同調するように働いてくれる。

「ああ、なるほど」セスはためらいながら言いました。

ちょっと練習すれば、いつでも自分の波動がどんなものかがわかるようになる。自分の感じ方こそが波動をじつによく表しているのだと悟る。よいと感じればよくなり、悪いと感じれば悪くなる。そうむずかしいことじゃないんだよ。

「ふーむ……」セスは無言でした。理解したからなのか、ソロモンが信じられないからかサラにはわかりません。ソロモンが無線信号と波動のことを話しているときは興味深げだったのに、感情について話しだすと、セスは心を閉ざしたかのようでした。

いいかい、とソロモンはつづけました。ほとんどの人間はつねに波動のやりとりをしている。ただそのことに気づいていないだけだ。物質世界のすべては波動にもとづいている。目が見えるのは、目が波動を読みとっているから。耳が聞こえるのは、耳が波動を読みとっているからだ。においをかいだり、味わったり、指で触れて感じたりできるのも、体が波動を読みとっているからなんだ。

セスは顔を輝かせました。「先生が音叉《おんさ》を持ってきたときのことを憶えてる。サイズがいろいろあった。小さな金づちでたたくと、音叉ごとにちがう音が出る。音がちがうのは振動数がちがうからだって教わったよ」

よく思い出したね、セス。同じように、宇宙のすべてのものは異なる波動を発信しているんだ。そしてその異なる波動を肉体で感知している。鼻で、目で、耳で、指先で、舌の味覚球で。じつは、きみが感知したり見たり理解したりするものは、すべてきみの波動の解釈なんだ。

ソロモンは、セスには、というか、サラにも、よくわからないことばを多用しました。それでもソロモンが話せば話すほど、理解は深まりました。

「つまり、花が波動を出して、ぼくの鼻がその波動を受けとっているから、花の香りがする、ってこと？」

まったくそのとおりだ、セス。花がちがえば香りもちがうことに気づいていたかい？

「うん。それにぜんぜん香りのしない花もあることにも」

ほかの人にはかげない花の香りをかいだことは？

「母さんには、ぼくにはわからない花の香りがわかるよ。においがするふりをしてるんだと思ってたけど」

ソロモンはうっすら笑いました。**誰もが同じにおいをかぐわけじゃないよ。誰にでも同じものが見えるわけじゃないようにね。犬は人にはかげないにおいをかげることに気づいていたかい？**

「ぼくならかぎたくないにおいも犬にはわかるんだよ！」セスは笑いながら言いました。

サラもつられて笑いました。

ソロモンもにっこりしました。**犬は人には聞こえない音を聞けることは？**

「うん、気づいてたよ」とセス。

つまり、とソロモンは先をつづけました。**あらゆるものが異なる波動を出すだけでなく、異なる受け手は波動を異なるように受けとるんだ。**

何日かこれを使って遊ぼう。どんなことから波動について学べるかを調べてから、また話をしようね。きょうのやりとりはとても楽しかったよ。

そして、サラとセスにひきとめる間も与えず、ソロモンは飛び去っていきました。

「まったくもう、帰ると決めたら早いんだから」セスは苦笑しました。

「ほんとに」サラも口もとをゆるめました。

「それじゃあ、サラ、あしたの放課後ここで会おう。観察メモを比べっこしようね」

「わかった。じゃあね」

セスがソロモンから学ぶことに興奮していたのがサラにはうれしくて、家に着くころに、やっと気づきました。「あらら」ふたりはターザンロープをするのも忘れていたのでした。

第25章　楽しい一日

サラは校庭を歩いていて、一階の窓でまぶしく光るものに気づきました。

「いったい何?」サラはつぶやき、見たこともない奇妙な光のほうを見つめつづけます。近づいていくと、光はラルフ先生の美術室から出ていることがわかりました。とっても奇妙な光。あるときは赤く見え、またあるときは青に、つぎには緑になり……サラは目が離せません。教材を車へ運ぶのを手伝うことはあっても、ラルフ先生の教室に入ったことはないサラですが、きょうは中に入ろうとしています。窓辺でこの驚くべき光のショーを演じているものが何なのか、つきとめなければ。

閉ざされていた教室のドアは、サラがドアノブを引いたとたん、ばたんと開きました。いつしか気が高ぶっていたのか、強くドアノブを引きすぎたせいで、ドアを壁にぶつけてしまったのです。きれいな先生はやかましい音にぎょっとして、窓から飛びのきました。

「何かご用?」

サラは、こんなふうに騒ぎたてたことが、恥ずかしくなりました。「窓から光るものが見えたんです。駐車場の向こうからもはっきりと見えます。何だろうと思って」

ラルフ先生は、ほおをゆるめ、ひもでつるしてあるプリズムを指先でくるくるまわして、美しい色の点を教室いっぱいに散らしました。「新しいプリズムよ」

「刑務所《プリズン》？」

「プリズム。これで光を屈折《くっせつ》させるの」

「屈折？」

「光線を集めて方向を変えるのよ。長い波長と短い波長をつくって、ちがう色を放つの。このすごいガラスのかけらの中で何が起こってるのか、まだ本で勉強してるところだけど、美術の授業をとってる生徒に、色とその自然な混ぜ方をよりよく理解させる助けになると思ったのよ」

サラは興奮のあまり飛びはねそうでした。「波動だわ」とつぶやきました。

「そうよ」と先生は言って、この新しい、若い友だちの熱意をそっと見やります。「あなた、絵は描く？」

「わたしですか？　いいえ、ぜんぜんだめです」

「驚くかもしれないけど」とラルフ先生。「あなたにはきっと自分でも知らない芸術的な才能があるわ。近いうちに、わたしのクラスで会えるんじゃないかしら」

ばたん！　サラとラルフ先生はふたりして飛びあがりました。セスが美術室のドアから勢いよく飛びこんできたのです。

「すみません」

「セス！」サラは驚いて言いました。

「サラ！」セスも驚いて言いました。そして窓辺へと進んでいき、くるくるまわっている光る物体に手を伸ばして尋ねました。「これは何？」

ラルフ先生は、後ろのほうで何がどうなっているのかと目を丸くしていました。わたしの新しいプリズムに夢中になってる質問好きのこの子たちは、いったい何者なの？

「プリズムよ」サラは誇らしげに答えました。「光を屈折させるの」

「このプリズムがこんなに注目されるなんてね。もっとずっと前に思いつけばよかった」とラルフ先生は言って、サラにしたのと同じ説明をセスにしてくれました。ふたりは先生にお礼を言って、教室をあとにしました。

サラとセスは廊下に出るまで待てずに、ないしょ話をはじめました。

「朝いちばんで、ぼくらふたりともラルフ先生の教室に行くだなんて信じられる？　この《引き寄せの法則》って気味が悪いよう」とセス。

「誰でも気づくことなのかな？　それとも、わたしたちだけがあのプリズムの波動に同調したの？」

サラが尋ねました。

「ぼくたちだけだと思う」

「わたしも」とサラ。「楽しい一日になりそう」

セスが開いたドアを押さえ、ふたりは外へ出ました。正面階段をおりていると、遠くで町のサイレンが鳴りだすのが聞こえました。この小さな町には正式な消防署がありません。本通りのガレージに、とても古い消防車が一台あるだけです。火の手があがったときにはサイレンが大音量で鳴らされ、音が聞こえるかぎり遠くからボランティアの人たちが至急集まってきて、火を消すのを手伝いました。めったに鳴りませんが、鳴ったときはいつも大いに関心を呼び、行動をかきたてるのでした。

「あれ、どうしたんだろう」サラは目を細くして遠くを見つめました。

「しーっ、聞いて」セスは指を唇にあてて言いました。

「火事を知らせるサイレンよ」サラは説明しました。

「わかってるよ、でもほかに何か聞こえない？」

サラは足を止めて、セスの言っているものを聞きとろうとしました。

サラの顔がほころびました。「遠吠え。遠吠えが聞こえる。町の犬がいっせいに吠えてるのよ。うわあ、セス、これほんとに奇妙じゃない？　まだ始業前なのに、もうふたつものすごい波動を体験しちゃった」

「燃えてるのが、またぼくんちじゃないといいけど」セスは笑いながら言いました。

「それちっとも笑えないよ、セス」とサラ。「それに望まないことは話すべきじゃないと思うな。このごろは、いろいろなことがすぐ現実に起こるみたいだから」

「じゃあ、放課後にね」
「うん、じゃあね」

第26章　波動の同調のふしぎ

サラは大あくびの途中で、口をふさがなきゃと思いました。クラスメイトたちを見まわしますが、誰も気づいたようすはありません。腕時計を見て考えました。さっさと一日が過ぎてくれて、リストにしたことをセスと話しあえればいいのに。この一日だけで先生は、耳が聞こえなかった作曲家のベートーヴェンと、耳が聞こえないうえに目も見えなかった奇跡の人ヘレン・ケラーの話をしました。五感に関係のある話がこんなに出てきた一日は、サラの記憶にはありません。セスとメモを比べっこするまで待ちきれない気分でした。

まったく突然に、ものすごい悪臭が、サラの鼻を直撃しました。「うわあああ、臭い！」サラは叫んで、両手で鼻と口をふさぎました。同時にほかの生徒たちも顔をおおい、鼻を刺すにおいに、せきこみ、あえいでいます。

「ふむ」ジョーゲンセン先生はにやっと笑いました。「あの香水のにおいをかいだのは、もうずいぶん昔になるな」

「あのひどいにおい、何なんですか？」サラは声を張りあげました。

「私の記憶が正しければ、実験室に入りこんだいたずら者たちが、卵のくさったような悪臭のするガスをこしらえて、通気口に流したんだな」

ジョーゲンセン先生は、どうしてこの悪臭について、こんなにすぐわかったのかしら。サラはふしぎでした。先生の目の輝きからして、先生も子どものころに、こういうガスをこしらえたとしか思えません。

そのとき、教室の放送スピーカーがぱちぱちと音をたてました。校長先生から連絡があるときの音です。「聞いてください。校長からのお知らせです。どうやら第八学年の化学実験で思いがけない事態が発生したようです。危険はありません――この悪ふざけをした当人たちはべつですが」

サラは笑いました。

「きょうの授業はここまで。先生がたはクラスを解散してください。バス通学の生徒は三十分後に乗り場に集まること。ほかの生徒はすぐ下校しなさい。以上」

サラは椅子から飛びはねました。まわりがゴホゴホしているなか、大喜びしていました。おっと、あまりうれしそうな顔をしてはいけない。わたしも一味だと思われちゃう。

ある意味では一枚かんでるのかもね、とサラは思いました。この《引き寄せの法則》は奇妙だわ。

サラはほかのおおぜいの生徒といっしょに校舎から出ると、人込みに目を走らせました。セスと会えれば、メモの比べっこをはじめられると思ったのです。セスは、校旗の旗ざおの横に立って、人込みの中にサラをさがしていました。サラの顔がほころびます。「待っててくれてありがとう。

成果はあった？」

「すごいよ、サラ。ぼくたちミステリーゾーンに足を踏み入れたって感じかな。こんなにめずらしいことが一日にまとめて起こって、しかも、それがソロモンからそのことについて宿題をだされた翌日だなんて」

「ほんとね。このできごとの陰にソロモンがいるんだと思う？」

「何かそういうことがあるはずだよ、サラ。とにかく、これまで生きてきた中でいちばん驚いた一日だ」セスはメモ帳を開いて読みだそうとしました。

「最初にプリズムのことがあった」セスの第一のメモを待ちきれず、サラが口走りました。

「いや、ぼくにはそれは二番目のことだった」とセス。「ちょっと悪いことしちゃった。登校中にトンプソン先生んちの芝生を横ぎっちゃったんだ」

サラは吹きだしました。トンプソン先生は大きな犬を五匹飼っていて、サラはとっくの昔にあの家の芝生を横ぎるのはやめていたのです。

「そのあと、ラルフ先生のところでプリズムのことがあって……それから、サイレンだ」

「うんうん」

「そして体育の授業中、すごく耳障りなかん高い音がしたんだ。みんな聞いたんだけど、誰も何の音かわからなかった。それはジュークス先生の補聴器《ほちょうき》のハウリングだったんだ。ジュークス先生が補聴器を使ってるの、知ってた？　まあ、それなのに耳につけないで、ポケットに入れてたから、先生だけその音が聞こえなかったのさ。ところが、ぼくたちは頭がおかしくなりそうだった」

サラはくすくす笑いました。「ほかには？」

ふたりして急ぎ足でツリーハウスへ向かいながら、セスは小さなメモ帳をめくりつづけました。サラとセスはばらばらに送る日々のできごとを教えあいたくてたまりませんでした。

「うん、ぼくにはあれがハイライトだったな。学校を終わらせたあの気持ち悪いにおいを除いては。あれはいったい何だったの？」

「ジョーゲンセン先生によれば、いたずらな生徒たちが、化学実験で卵がくさったにおいのガスをこしらえて、それを通気口に流したんですって」

「やるう」セスはにやっとしました。

サラには「やるう」がいい意味なのか悪い意味なのかわかりません。セスは多くの人に害になることや、こんなふうに大きな迷惑をかけることはしないと思いました。

「彼らには脱帽だね。学校を休みにするコツを知ってるなんて」セスはつけ加えました。「きっと大人になったら政治家になるよ」

サラにはそれがいいことなのか悪いことなのかわかりません。

「政治家にはいろんなタイプがいるよね」セスはまたつけ加えました。

サラにはセスがいいタイプと思っているのか悪いタイプと思っているのかわかりません。

こらえきれなくなって言いました。「あなたはどうなの、セス？　卵のくさったような臭いガスを通気口に流したりする?」

セスは黙りこみました……サラは不安になりました。セスなら「ううん、絶対にそんなことしないよ」と言うと思ったのに。サラはじつのところ、ルールというものが好きではありません。大人が決めたことの多くはくだらない、と感じることが、ときどきあります。それでも、いざとなれば、ルールや約束を守るのが正しいと思いました。人に迷惑をかけるのはよくないことです――たとえ迷惑してもしかたがない相手に対してでも。

「いやあ、ぼくはしないよ」セスは答えました。

サラはほっとしました。

「わざと人に迷惑をかけるやつは好きじゃないな」

「わたしも」サラは笑顔であいづちをうちました。

「きみのリストの中身は?」セスは尋ねました。

「うん、あなたのと同じことがいくつか。プリズムとかサイレンとか犬の遠吠えとかね。授業でヘレン・ケラーの映画を見たわ。もうびっくり。知ってた? 目が見えなくて耳も聞こえなかったんだって」

「うへえ」とセス。

「理科の時間に変な音がしたの。キー、キー、キーって。壁がきしんでるみたいな。トンプソン先生がいらいらして、教室じゅう駆けずりまわって音の出どころをつきとめようとしたの。椅子の上に立って壁に耳をあてたりして。すごいのなんの」

「それでどうなったの？」セスはききました。

「まず用務員さんを呼んだの。ジュークス先生と同じぐらい耳が不自由だったわ。だって音がまったく聞こえなかったんだもの。そのあと、バスの駐車場から整備士さんが来て、あちこちの椅子の上に立ってみたけど、何の音かはわからなかった。それから先生はわたしに、みんなの机から紙を集めるように言いつけたの。集めた紙を先生の机に置いたとき、音がすごくはっきり聞こえたのよ。先生の机の近くで鳴ってるみたいに。だから、みんなに言ったわ。〝ねえ、こっちから音がしてるみたい〟って」

「何だったの？」

「先生のタイマー。ほら、お料理に使うようなタイマーよ。書類かばんの中で、押されたか何かでじゃんじゃん鳴ってたの。トンプソン先生はすごくばつが悪そうだったわ」

セスは笑いころげました。「それ最高だよ！」

「すごい一日だった！　きょうだけで、いいのも悪いのも、たくさんのにおいをかいだわ。まる一年さかのぼっても記憶にないぐらい。この調子でいくと、あしたは指紋《しもん》が消えたり、お昼ごはんの中に砂利《じゃり》が入ってたりするんじゃない？」

セスは笑いました。「いまのところ、それほどつらい思いはしてないよね。ぼくたちの発見についてソロモンが何て言うか、早く聞きたいな」

セスとサラはツリーハウスへのはしごを登っていき、ソロモンを待ちました。先に来ているときもあるけれど、近ごろはふたりが着いたあとに劇的に登場していたのでした。

「ソロモンにいちばん説明してもらいたいのは、どうしてこんな変なことが一日のうちに起こるのかってこと。教えてくれるかなあ？」

ヒューッと風を切って、ソロモンが木の中へ飛びこんできて、セスとサラが立っていた発射台にぶつかるように着地しました。

こんにちは、羽のない親友たちよ。楽しい一日を送ったことだろうね。

「びっくりの一日だったわ、ソロモン」とサラが切りだしました。「信じられないようなことがあったの」

いや、信じると思うよ。ソロモンが微笑しました。

「やっぱり、あなたのしわざだったのね。もっと体の感覚について学ばせようと思って、おかしなことが起こるように仕向けたんでしょう？」サラが笑って尋ねました。

何のことかな。まったくわからないよ。ソロモンは笑みを返しました。

「とぼけちゃって」サラがちくりと言います。「裏で糸を引いてるのはわかってるのよ」

サラ、ぼくはきみたちの経験の創り手じゃないと断言するよ。きみたちの経験に何かを投影させることはできない。それができるのは本人だけだ。押しつけの法則は存在しない。あるのは《引き寄せの法則》だけだ。

サラは顔をしかめました。この日のふしぎなできごとは、すべてソロモンがおぜんだてしたという考えのほうが、気に入ってたのに。ソロモンが自分のしわざだと言わないので、じつはちょっとがっかりしていました。

セスは黙っています。真剣な顔つきから、考えこんでいるのがサラにはわかりました。

セスが口を開きました。「じゃあ、これにはソロモンは何の関係もないってこと？」

いや、とソロモンがくちばしをほころばせました。きみたちの注意がどこへ向かうかには影響を与えたかもしれない。三人で体の感覚について話すうち、その話題がエネルギーの中心になったわけだ。たしかに、きみたちが体の感覚というテーマに集中し、したがって同調する助けにはなったろう。だが、きみたちが引き寄せたできごとは、きみたちの出す波動によって起こったんだ。

「でもソロモン、どうしてそんなことになるの？　ソロモンの話を聞いて、五感について話しただけで、ぼくたちがこの状況を生みだしたってわけ？」

それだけじゃない。美術の先生は、ずっと前からプリズムを買おうと思っていた。ただ、余裕がなかったんだ。きみたちの視覚への関心が、もう始動していた彼女に必要なだけの影響を与えて、考えを実行に移させたわけだ。くさった卵みたいに臭いガスを発生させた、お利口さんの化学実験者たちも同じことさ。彼らは何週間も前から計画を練っていた。きみたちの意識がそこへ加わったはずみで、行動に移したんだよ。

むしろ、これらのことは起こる寸前だった。多くはきみたちの影響の有無にかかわらず起こっていただろう。だが、そこに注意していなかったら、波動を同調させてその結果に立ち会うことはなかったはずだ。

セスがわかったとばかりに目を輝かせました。

「じゃあ、ぼくが思わずトンプソン先生の庭を横ぎったのも、あの会話のせいなんだね」

そのとおり。あのプリズムを見るために美術室へ飛びこむ生徒が何人いると思う？

「何人？」サラは勢いこんでききました。

ふたりさ、とソロモンは答えました。きみたちふたり、あのプリズムと波動が同調した者だけだ。

「わかった」とサラが口走りました。「つまり、できごとは起こりかけていた、もしくは起こりつつあった。そこへ意識を向けたわたしたちは、そこに立ち会うことになった！」

正解だ、とソロモンは目を細めました。

「それで、もし起こる間際までできていたら、ぼくたちの意識が最後の一押しになるの？」セスがたたみかけます。

これまた正解、とソロモンがうなずきました。

「うわあ、ソロモン。ぼくたちのもってる力ってすごくない？」

そうとも、とてつもない力だよ。

セスとサラは静かにすわっています。この新たな発見にわれを忘れていました。

「この力でとてもいいことも悪いこともできそうだ」セスは言い足しました。

そうだよ、とソロモン。**どっちにしても、きみたち自身がその中心にいることは、忘れないようにね。**

「おっと、それだ」セスは笑いました。「そこんとこは考えなくちゃね？」

サラとセスは笑いました。セスもサラもソロモンも、彼らのうちの誰も、ほかの人たちを困らせたりはしないと信じています。

「《引き寄せの法則》って、ほんと、おもしろいや」とセス。

「セスの言うとおりね」サラは木にもたれ、深いため息をつきました。この新しいすごい発見の重みをひしひしと感じました。

安心して、とソロモンは言いました。**思考を向ける先を決める練習をして、思い描いたことが実生活の経験にどのぐらい速く反映されるかを見きわめるんだ。**

きみたちの経験にはね返ってくるもの、考えの中心をなす内容によって、宇宙に教えてもらうんだよ。つづきは、またあした。それでは、わが波動の友たちよ、ぼくは行くけど、きみたちは魔法にひたっておいで。楽しむことだ。そう言って、ソロモンは去りました。

サラとセスは静かに思いにふけっていました。

「楽しいったらないわ！」サラが叫びました。

「最高だよ！」

ソロモンがいま一度、低空を高速でツリーハウスを飛び越しました。

セスとサラはどっと吹きだしました。「まったく退屈しないね」とセス。

「大好き！」

第27章　素晴らしい人生

サラは、ツリーハウスでセスとソロモンを待っていました。不安でした。学校でセスと出会わないのはめずらしいことです。もしかして、お休みしたんじゃないのかしら。

「みんなどこ?」サラは、じれて声に出して言いました。とても変な感じでした。

通学かばんは木の根もとに置いてきていました。木からおりて取ってこようかと思いましたが、落ちつかなくて、とても本を読んだり宿題をしたりできる気分ではありません。どうもおかしい。直感でわかるわ。

ソロモンはサラのいる発射台にゆるやかに着地しました。いつもの「いい天気だね」というあいさつを聞く前に、サラはだしぬけに言いました。「ソロモン、セスはどこ?」

もうじきやってくるさ。なかなかおもしろい一日だったんじゃないかな。

「何かあったの?」

おもしろいときは何かあるものなのかい?

「ううん、そうじゃないけど、セスはきょう、学校に来てなかったみたい。とにかく一日見かけなかった」

ふだんとちがうと、まずいものなのかい？　ちがっていてもだいじょうぶ、というのはありえないのかな？

ソロモンの言うことはもっともなのに、サラは胸がさわぎました。知りあってまだ日が浅いとはいえ、セスには確固としたパターンがあり、行動パターンが予測できて、サラは安心していたのでした。

セスが木立に飛びこんできて、はしごを登りだしました。

「ああ、よかった」とサラはつぶやきました。「ソロモン、わたしが心配してたこと、ないしょにしてね」心配してばかみたい、と思いました。

ぼくは秘密は守るよ。《引き寄せの法則》は隠しごとが得意じゃないようだけど。

サラはソロモンを見つめ、どういう意味かと尋ねたかったのですが、セスが勢いこんで発射台にやってきました。

「やあ、調子はどう？」

「べつに」サラは落ちついて見えるように気をつけました。「あなたを待ってただけ」

「ごめんよ」とセス。

サラは彼がどこにいたのか説明されるのを待ちました。

セスは小枝をいじくって、発射台のすき間から葉っぱをかき出しています。そのことに熱中しているらしく顔を上げません。

どうもおかしい、とサラはぴんときました。

すぐ戻るよ。ソロモンが言って、ツリーハウスから川のほうへと飛びたっていきました。これは変だわ、とサラは思いました。いったい何がどうなってるの？

ソロモンは急降下して、くちばしに重いロープをくわえ、ロープを発射台へ戻しました。そして、つぎに起こったことに、サラとセスは仰天して、口をあんぐり開け、立ちつくしてしまいました。

ソロモンは、かぎづめでロープをしっかり握ると、発射台から飛びだし、ターザンロープで川を越えたのです。サラとセスが数え切れないぐらいやったように。

イヤッホオオオ！　ソロモンのおたけびにあわせて、羽毛が風でまっすぐ後ろになびきました。

サラとセスは笑いころげました。

ソロモンはふたりと同じように、川岸に着地しました。そしてロープをくわえて飛んで、発射台へ戻ってきました。セスはソロモンからロープを受けとりました。

いやあ、これはスカッとするね、まったく！　ソロモンが言いだしました。

サラとセスは何と言っていいかわからず、ぽかんとしていました。

やっとサラが言いました。「ソロモン、このしょうもないターザンロープのどこが楽しい、っていうの？　だって、あなたはいつでも、どこへでも思うように飛んでいけるのに」

自分のぞんざいな言い方に気づいて、サラはさっとセスを見て言いました。「ごめんね、セス。

このロープのこと、けなすつもりじゃないの。ほんとに、すてきだけど……」

「言いたいことわかるよ、サラ。ぼくも同じ質問をするとこだった。ぼくたちがターザンロープで遊ぶのは飛べないから、というか、ふつうには飛べないからだ。なのにどうしてソロモンは――」

ソロモンは口をはさみました。最高の経験なんてものはないんだよ。空を飛ぶことは、ターザンロープよりよいわけではない。ターザンロープは、歩くことよりよいわけではない。経験はどれもそれぞれ利点がある。さまざまな経験によって人生が豊かに、楽しく、おもしろくなる。

ぼくはきょう、ターザンロープをはじめて経験した。これまで木から垂らしたロープの強さや軌道を信じたことはなかった。そのスリルが新しい発見につながったよ。

「ええっ、ソロモンが新しい経験をしてたなんて」とセス。「何でも知ってるんだとばかり思ってたよ」

それじゃ退屈でたまらないだろうね。ぼくらはみな発展しつづける。いつまでも新しい自分になりつづける楽しみがあるんだよ。

「わたしはずっと思ってたの。わたしが望むのは、目を閉じたら、ソロモンといっしょに空を飛んでるってことだけ。この退屈な町をあとにして、外の世界であらゆる素晴らしいものをさぐってみたいって」サラは言いました。

それはふつうのことだよ、サラ、新しい経験にわくわくするというのは。きみがぼくと最初に空を飛んだときは、ぼくがはじめてターザンロープをしたときと同じように、胸を躍らせたにちがいない。でも、いいかい、このりっぱな体をもらったのに、この輝かしい体験をしたのに、解放されることを願うだけではいけないよ。むしろ、いちばんの喜びはここに、自分の体に、この素晴らしい地球にあるとわかったはずだ。人とのふれあいに、絶えず新しいことを考え、新しい人たちと交流しあうことに。すべてきみたちのものだ。素晴らしいことだ。

セスとサラはともに喜ばしい、しあわせな気持ちに満たされていました。ソロモンの言うことは完全には理解できなくても、ことばの強さから、真実だと感じられました。

思いつくことは何でもできるはずのこのふしぎな鳥と会って、ターザンロープのような素朴な楽しみに大きな喜びを感じることで、なんだか、自分たちがまっただ中にいるこの物質世界は、そう悪いところではないと思えたのでした。

「じゃあ、ソロモン、もうあなたといっしょには飛べないの？　飛びたいと思うべきじゃないってこと？」

望むことは何でもしていいんだよ。ただ、ぼくはきみたちに、自分がいまいる世界の、とてつもなく大きな価値をわかってほしいんだ。あまりに多くの人が身のまわりのことに不満をもち、手の届かないものに手を伸ばすことに時間をむだにしている。いま自分がいるところで、あたりを見まわせば、大きな喜びと大きな価値があることがわかるのに。

きみたちを何かに向かって、あるいは何かから離れるように導きたくはない。選択肢は無限にあって、いちばんの喜びは新たな経験の中につねに現れることを知ってほしいんだ。きみたちは発展する存在、いつまでも発展しつづける存在だ。そのことを理解し、認め、促《うなが》せば、つねにもっとも大きな喜びが見いだせることだろう。

サラはにっこりしました。ソロモンの言いたいことがわかってきたわ。

「じゃあ、先が読めることや、もう知られてることが、かならずしもベストではないのね。ソロモンが言いたいのはそういうこと？」

新しい経験をさぐりつづけるうちに、人生の素晴らしさがおのずと見えてくる。友よ、きみたちが生きている人生は素晴らしいものだ。そのことをわかってもらいたい。

「わかるわ、ソロモン」サラがささやきました。全身全霊がソロモンの愛につつまれているのを感じながら。

「ぼくも」セスもささやきました。「ぼくもだよ」

第28章　不公平なんてない

「ソロモン」とサラはつづけました。「《引き寄せの法則》は隠しごとが苦手だと言ったでしょう。あれはどういう意味だったの？」

きみが何かを感じていて、たとえ口ではちがうことを言って感じてないふりをしても、《引き寄せの法則》はちゃんと感情に反応しているんだよ。だから、その感情に反応して起こるできごとは、それがどういう感情なのかを示しているわけだ。

「ふうん」サラは黙っていました。ソロモンのことばは、前に言われたことと同じように聞こえました。

弱みを感じたり、恐れていたりするのに、そうじゃないふりをしても――ときには逆に、強がったり、いばったりしても――それでも、《引き寄せの法則》は弱い感情に一致する経験をつぎからつぎへともたらす。

もしもきみがいじけていたら、たとえそうじゃないふりをしても、ほかの人のきみへの扱いは、ほんとうに感じていることに一致したものでありつづける。

もし貧しいと感じるなら――豊かさは引き寄せられない。
もし太っていると感じるなら――ほっそりした体は引き寄せられない。
もし不公平に扱われてると感じるなら――公平さは引き寄せられない。

サラは顔をしかめました。前にもソロモンから聞いたことですが、いまでも不公平だという気がしました。

「でもソロモン、それは正しくないと思う。《引き寄せの法則》は、ええと、ほんとうに必要なときには、もうすこし協力的になって、チャンスを与えてくれるべきだわ」

ソロモンは笑みをもらしました。そこが多くの人が《引き寄せの法則》について誤解するところなんだ。《引き寄せの法則》が親のように、困ったときの友のようにふるまい、懸命に助けてくれるべきだと考える。

「だって、そのほうが親切じゃない?」

あいにくだが、サラ、それだと事態を悪化させると思うよ。

「どうして?」

もし《引き寄せの法則》が一貫してなければ、誰もそこに居場所を見つけられない。つねにそのタイミングと働きが変わらないからこそ、誰もが望むものを引き寄せるすべを学べるんだ。

いいかい、サラ、自分の感じ方をつぶさに観察すれば、自分に起こることがその感情に一致していることに気づき、《引き寄せの法則》がどのように働いているかがわかってくるだろう。そして自分の感情を変えることで、状況を変えられることがわかるんだ。

「でもソロモン、もし自分の感情を変えられなかったら?」

おや、サラ、そんな理由はないはずだよ。

「つまり、たとえば、何かとてもひどいことが起きたら?」

そのことから意識をそらせて、気持ちがよくなることへ向けるようにすすめるよ。

「でも、ほんとに、とんでもなく、ひどいことだったら?」

なおさら意識をよそへ向けるべきだ。

「でも——」サラは抵抗しました。

ソロモンがさえぎりました。サラ、人はしばしば惨事《さんじ》の渦中《かちゅう》に身をおいて、それを修復しようと躍起になることで状況を好転させられると考えるものだ。しかし、それでは断じて状況はよくならない。状況をよくするには、気持ちがよくなることに注意を向けることだ。きみに起こることは、きみが感じることによって起こるのだから。

「前から同じことを言われてるのわかってるわ、ソロモン、でも、それはちょっと……」

たいがいの人は苦労しながら取り組んでいるよ、サラ。感情をコントロールするよう努力するうちに、ずっと容易になってくるんだ。

そして、不公平なんてものはないとわかる。誰もが自分の感じていること、発している波動のものをかならず得ている。そこはかならず一致しているんだ。だから、いつだって公平なんだよ。

「わかったわ、ソロモン」サラはため息をつきました。ソロモンが正しいのは知っていました。ソロモンを逆に説得しようとしてもむだなことも。《引き寄せの法則》の話をするソロモンに迷いはいっさいありません。

それに耳に心地よくひびくことばもありました。**不公平なんてものはない。**どことなく、とてもいい感じです。

サラは学校へと歩いていきながら、ソロモンと話したことを考えつづけました。**もし貧しいと感じるなら――豊かさは引き寄せられない。もし太っていると感じるなら――ほっそりした体は引き寄せられない。もし不公平に扱われてると感じるなら――公平さは引き寄せられない。**

「そんなの不公平よ」後ろで女の子たちが文句を言うのが聞こえました。サラはほほえみました。話していたり考えていたりすることが、よく現実に起こることに、いつも驚きます。何が問題かは聞きとれませんが、彼女たちが不公平だと強く感じているのは明らかでした。

そこから出発しても、どこへも行けないわよ、とサラは思いました。

「フェアじゃない、フェアじゃないよ」男子の声が抗議しています。マーチャント先生が、怒って身をよじる生徒をしっかり捕まえて、教員棟の階段を上がらせていました。

「人生はたいがいフェアじゃないんだよ」

「ほかの連中はどうして逃がしたのさ？」男子生徒はすねたように問いかけます。

マーチャント先生は捕まえた生徒に答えません。

「ちぇっ、いつだって、おれが貧乏くじを引くんだ」と生徒はぼやきました。

サラはにやにやしました。不公平なんてものはないのよ。

「ねえ、サラ、待って！」

ふり返ると、セスが走って追いついてきました。「サラ、話があるんだ。とんでもないことになった」

ごくんとつばをのんで、セスが一息つくのを待ちました。話しだすまでが、一時間にも感じられました。

「なあに？　どうしたの？」

「父さんにツリーハウスのことを知られた。木の上でちゃらちゃらするより大切な仕事をしろって言うんだ」

「ああ、セス」サラは泣きそうな声になりました。「そんなの不公平よ」

自分の口から出たそのことばを聞いて、サラは口ごもりました。《引き寄せの法則》のことはわかっています。自分の感じ方によって自分に起こることが決まると知っています。何もかもわかっています――というか、わかってきています。でも、セスが言ったことが不公平じゃないなんて、どうしたら感じられるでしょう？

「父さんが言うには、ウィルセンホルムさんが金物屋にやってきて、こぼしたんだって。自分の土地の木で、どこかの子どもたちがターザンロープをしている。不法侵入《ふほうしんにゅう》だし危険だ、いざとなれば木を切り倒して、悪がきどもに近寄らせないようにする。ターザンロープで首の骨でも折って死なれたら困る、って。

父さんには、ぼくだってわかった。ツリーハウスが大好きなのを知ってたから。ばかなことはやめろって言った。さもないとムチで——」

「何ですって?」

「何でもない。もう行くよ」

サラの目に涙があふれました。ロッカーにたどりつき、教科書をどさっと投げ入れると、女子トイレに駆けこんで、濡らしたペーパータオルで顔をふきました。「不公平だわ」と声に出して言いました。

忘れないで、サラ、不公平なんてものはないんだ。きみに起こることは、いつでもきみが波動を送っていること、感じていることに一致している。

「ずっとそう言われてるのはわかってるわ、ソロモン。でも、こんなときは、どうしたらいいの?」

感じ方を変えることだ。

「でも、もう手遅れだもん。セスはツリーハウスに行くのを禁じられちゃったし、ウィルセンホルムさんがわたしたちのしわざだと知って、わたしも行けないだろうし」

手遅れということはないよ、サラ。何が起ころうとも、自分の感情をコントロールすることはできる。自分の感情をコントロールできるのだから、結果を変えることができる。現状がどう見えよ

うともね。

サラはまた顔をふきました。「わかった、ソロモン。やってみる。やってみたところで失うものもないようだし」

学校が終わって日が暮れてから、ツリーハウスに行こう。

「だけど、ウィルセンホルムさんは不法侵入だって」

ソロモンは返事をしません。

「わかった、じゃあ、そこで」サラが言ったのと同時にトイレのドアがばたんと開いて、クラスの女子がひとり飛びこんできました。

「誰か入ってんの?」ぐるりと大きくひと回りして、サラしかいないのを見てききました。

「さあね」サラは出ていきながら言いました。

「ふうん、変なの」

「うん、変だよ」サラはにやにやしながら廊下を進んでいきました。

第29章　引き寄せの法則を信じて

学校では一日がとても長く、終業の鐘が鳴ったときはサラはとてもうれしくなりました。校旗のところで二、三分、セスが現れることを願って待ったものの、待つあいだずっと、きっと来ないだろうと思っていました。それでサラはひとりでツリーハウスに行きました。はじめは、セスが来ないと思うと悲しくなりました。ついで、お父さんがセスに行くのを禁じたことに腹が立ちました。そして、不法侵入していることに、やましさを感じました。不法侵入。なんて不快なことばだろう。

ソロモンが発射台で待っていてくれたのを見つけて、サラは喜びました。

こんにちは、サラ。おしゃべりする機会に恵まれてよかったね。

「ほんとに、ソロモン。でも、わたし、不法侵入でまずいことになるかなあ？」

かなりきついことばだね。どんな気持ちがする？

「とてもいやな気持ちよ、ソロモン。意味はよくわからないんだけど、深刻な感じがする。ここにいちゃいけないってことでしょ。トラブルになる？」

そうだなあ、ぼくに言えるのは、木のてっぺんでずいぶん長い時間を過ごしているけど、不法侵

入で捕まったことはないってことかな。

サラは吹きだしました。「だって、ソロモン、あなたはフクロウなんだもの。木にいるのは当然でしょ」

だが、この木はきみの木でないのと同様に、ぼくの木じゃないよ、サラ。厳密に考えれば、鳥や猫やリスや、もっと言えば、いまこの木に棲《す》んでる数え切れないほどの生きものだって、不法侵入者と呼べるよね。

サラは笑いました。「うん、そのとおりかな」

ウィルセンホルムさんは自分の美しい木々をみんなと分けあうにやぶさかではないんだ、サラ。それに、きみが木の上でくつろいでいると、とても気をつけて登っていると知れば、ここで多少の時間を過ごすぐらいのことは気にしないいんじゃないかな。

サラは心なごむ感じにひたりました。一日じゅう感じていた、このひどい気持ちから、はじめて救われた思いでした。

「ほんとに、ソロモン、あなたそう思うの?」

ほんとうだよ。ウィルセンホルムさんは、わがままでこの木を独り占めしたがるような意地悪な人じゃない。むしろ、きみたちがこの美しい老木にいだいている愛情を知ったら、きっと喜ぶさ。ウィルセンホルムさんはただ事故が起こらないかと心配しているんだろう。そして、きみがどんなに責任感が強いか、どんなに木の上でうまく動けるかなど、知るはずもないから、最悪のことが起こるのを想像してしまうんだ。だから、ウィルセンホルムさんの感情は、現実のできごとより想像上の心配から生まれている。

「じゃあ、わたしはどうすればいい？」

そうだね、もしぼくがきみなら、今夜は家に帰ってこの古い木がどんなに素晴らしいか考えるよ。この木の上にいると、とても気に入っていることといい気持ちになるかを。セスとこの木で遊んで楽しかったことを思い出して、とても気に入っていることのの長いリストをこしらえるよ。最高の場面をよみがえらせ、頭の中でくりかえし再生して、この木についての素晴らしい感情をあふれさせる。そして《引き寄せの法則》が助けてくれるのを信じるんだ。

「うーん、《引き寄せの法則》は何をするの？」

できることはたくさんある。ふたを開けてみないとわからないけどね。でもこれだけは明らかだ。きみがいい気持ちでいるなら、起こるのも、いい気持ちのことだ。

「わかった、ソロモン、やるわ。この木の大好きなところをリストにするのはやさしい。ほんとに大好きなんだもの」

ソロモンは目を細めました。そうだね、サラ。そのとおりだ。

サラはその夜ベッドで横になりながら、あの素晴らしい木のことを考えました。セスがはじめてツリーハウスを見せてくれたとき、どんなにぞくぞくしたか。セスが大枝に結びつけておいたロープを握りしめて発射台から飛びおりたとき、どんなにわくわくしたか。セスが慣れないうちは着地で茂みにつっこんでいたのを思い出して、笑いました。セスとソロモンとあそこで語りあった楽しい時間のことを思いました。そして、こうしたとても気持ちのいい考えが頭の中でうずまくうち、サラは眠りに落ちました。

第30章　不法侵入する子猫

　サラが目を開けると、驚いたことには部屋に日ざしがあふれていました。もっと驚いたことには、もう九時近くです。ベッドから飛び起きながら思いました。なんでお母さんは起こしてくれなかったのかな、学校をさぼっちゃった。そこで思い出しました。きょうは土曜日でした。

「あら、おはよう、ねぼすけさん」サラが台所へ入っていくと、お母さんは言いました。「気持ちよさそうに眠ってたから、起こしたくなかったのよ。ゆうべはよく寝られた？」

「うん」サラはまだちょっとフラフラしていました。

「お父さんはきょうも仕事なのよ。わたしは町へ出かけていって、買い物をするつもり。ジェイソンは一日ビリーと遊ぶんですって。あなたはもしよければ、いっしょに買い物に行くか、それとも……」

　サラはかたずをのんで待ちました。お母さんはわたしが家で、あるいはどこででも一日ひとりで過ごすのを許してくれるかな？

「……何でも好きなようにしていいけど」と、お母さんはつづけました。

「わたし、うちにいる」サラは口では言って、心の中では飛びはねていました。

「わかった。夕方前には帰ってくるね。土曜日のぶんの手伝いは、心配しなくていいわ。掃除は多少してあって、わりとかたづいているから。じゃあ、あとでね」

サラは満面の笑みになりました。お母さんはたいがい陽気で、サラは恵まれた暮らしをしていると言っていいけれども、ふだんよりずっとラッキーなことが起こりました。ソロモンの《引き寄せの法則》の魔法がこんなに早く効《き》きだしたの？

サラはふだん着の上にスエットシャツを重ねて、外へ出ました。ツリーハウスのことを思うと、いても立ってもいられず、早く行って木に登って、そこにいたくなります。けれども同じぐらい、ためらう気持ちもありました。

そのとき、ある考えが頭にあふれました。ウィルセンホルムさんの庭の後ろの牧草地を横ぎって、丸太の橋を通って川を渡り、本通りの近くの、寄りかかれる手すりのところに出るイメージが、あざやかに浮かんだのです。激しい衝動《しょうどう》にかられ、裏口から飛びだしたサラは、裏庭から牧草地へと走っていきました。

柵を越えたときに、誰かが泣いている声が聞こえました。どこから聞こえたのか確かめようと、立ち止まりました。ガウン姿の女の人が大きな木の下に立って、枝を見上げていました。ウィルセンホルムさんの家の庭の裏手をのぞきこんでいるようですが、この人が誰なのかサラには確信できません。ウィルセンホルムの奥さんは何年も前からずっと具合が悪くて、最後に会ったのはいつだったか思い出せないほどです。

「だいじょうぶですか?」サラは声をかけました。

「いいえ、だめ。うちの猫が、あの木にまた登ったきりおりられなくなって、木の上で一晩明かしたの。主人はいま留守《るす》で、どうしたらあの子をおろしてやれるかわからない。ああもう、どうすればいいのか」やはりウィルセンホルム夫人でした。両手をもみしぼってから、ガウンを体にぎゅっと巻きつけました。ひどく寒そうだし、見るからに気が動転しています。

サラはその大木を見上げました。はるか高みに、小さな猫の姿がぽつんと見えました。ニャー、ニャー。明らかにこわがっています。

「ネコちゃん、ネコちゃん、こっちへおいで」サラは呼びかけました。

「むだですよ」と夫人は言いました。「何時間も前から呼んでるんだけど」

「ウィルセンホルムさん、おうちの中に入って、あたたまっていてください。ネコちゃんのことは心配しないで。わたしがおろします」

「いけないわ、お嬢さん。そんなことさせられない。落ちて怪我でもしたらどうするの」

「だいじょうぶ。木登りはすごく得意なんです」

ウィルセンホルム夫人はしぶしぶ家に入り、居間の大きな窓からサラを見守りました。

サラは納屋の横にはしごが立てかけてあるのを見つけて、木の根もとへ引きずっていきました。はしごを一段ずつ伸ばしていき、木にしっかり寄りかかっているのを確かめてから前後によじって、足を根もとの土に埋めこみます。そして一段目で飛びはね、固定されているのを確認してから、慎《しん》重《ちょう》に上がっていきました。はしごはさほど高くなかったものの、いちばん下の大枝には届きました。サラはその枝につかまって、はしごから体を引き上げ、木の中へ移りました。いったん枝に登れば、つぎの枝には簡単に手が届きます。そして、またつぎの枝へ、という具合にして、サラは子猫のいる高さまで登っていきました。

子猫はおびえて、木にしがみついています。サラは枝にすわって、さて、どうしようかと考えました。「ねえ、ネコちゃん、不法侵入してるの?」サラは尋ねました。

猫はニャーと鳴きました。

「あれ、そうなの?」サラは笑いました。大きな枝に気持ちよく腰かけ、足をぶらつかせ、子猫をそっとなでながら、ささやきかけました。あなたは不法侵入なんかしてない。ぜんぜんこわくないわよ。木からおりるのは木を登るのと同じぐらい簡単なんだから。

サラはついに子猫をやさしく木から引きはがすと、リラックスして鳴きやむまで背中をなでてやりました。それからスエットシャツの下にそっと入れ、シャツのすそをきちんとズボンの中にたくしこんで、おびえた小さな友だちのための携帯用ポケットをこしらえました。そうしてサラは用心しながら木からはしごへ、はしごから地面へとおりました。

ウィルセンホルム夫人は、地上に着いたサラを満面の笑みで迎えました。

「こんな素晴らしい救出は、はじめて見ましたよ!」と夫人は言って、サラから受けとった子猫を首にまといつかせました。「あなた、お名前は?」

「サラです。通りの先のほう、酪農場の近くに住んでます」

「ああ、わかりましたよ、サラ。さぞかし長いこと木の上で過ごしてきたのでしょうね」

「えっ、はい、そうです」サラはてれ笑いを浮かべました。「歩けるようになったころから木に登ってます。お母さんは昔は心配してましたけど、もうしてません。わたしが頭から落ちるような子なら、きっと、もうとっくに落ちてるはずだって」

「そうねえ、たったいまこの目で見たものから判断すれば、お母さんは、ちっとも心配することはないわ。活発な女の子なのね、サラ。そして、うちの猫を救ってくれた。何と言ってお礼をしたらいいか、わからないくらいですよ。

うちの夫はね、裏の川べりの大きな木に登ってる子たちを捕まえようとしているのよ。木を切り倒すとまで言いだして。わたしは大げさに考えすぎだと言ってるんだけど、頑固《がんこ》な年寄りだから、いったんこうと決めたことは、なかなか変えやしない。でも、その子たちがあなたと同じぐらい木登りが得意なら、何の心配もいらないだろうにねえ、サラ?」

「ええ、そうですね」サラは一瞬ためらってから口走りました。「あのう、お話しするなら、いましかない気がするんで――おたくの木に登ってるの、わたしと友だちなんです」

サラは息をのみました。よく考えもしないで、言っちゃった。いまだ、と思ったのに、ウィルセンホルムの奥さんは黙りこんでいる……。

「じゃあ、こうしましょう、サラ。きょう見たことをウィルセンホルムに話すわ。頑固なじいさん相手だから何も約束できないけど、たまに耳を貸してくれることもある。あなたのために説得してみますよ。木の上にいるあなたを見れば、あの人も心配しないと思うわ。すこし時間をちょうだい。二、三日してから寄ってくれれば、主人がどう言っているかを伝えますよ」

「ありがとう、ああ、ありがとうございます！」サラはあえぎました。こんなに興奮することってあるかしら。ほんとうに木の上で遊ぶことが許されるかもしれない。それとも、これは《引き寄せの法則》が起こした奇跡《きせき》なのかな。いずれにせよ、サラは有頂天《うちょうてん》でした。

第31章　わたしたちにできること

サラは、ウィルセンホルム夫人の子猫を救出したあと家に戻る途中で、やっと思い出しました。寄りかかれる手すりのところへ行こうとしてたんだったわ。このいい知らせをセスに伝える方法があればいいのに。

セスの家に行ったことはなく、セスは家での暮らしについて多くを語りませんが、サラはそれがあまり楽しいものでないと察していました。だから、セスの家の玄関先にいきなり姿を現してはいけないとも。

「どうにかして会えればいいのにな」サラは口に出して言いました。

川辺で足を止め、丸太の橋をじっと見やりました。丸太に足を踏みだすと、腕を両側に伸ばしてバランスをとり、一気に駆けぬけました。最高の気分です。たったいま起こった奇跡のおかげで、川を飛び越えられそうな気さえしました。

「よお、お嬢さん、この川は危なくて、おぼれるかもしれないこと知らないのかい？」セスのからかうような声が、茂みから聞こえてきました。丸太の先っぽのすぐそばにある大きな岩に腰かけたセスは、靴と靴下をわきに積んで、ぶらつかせた足の先を冷たい水にひたしていました。

「セス、会えてうれしい！　どんなことが起こったか、きっと想像もつかないわよ」

サラの感動したようすから、とても重大なことだったのはわかります。「教えてよ！　いったいどうしたの？」

「ウィルセンホルムさんちの裏庭を通りぬけようとしたら――」

「うわあ、サラ、勇気あるな。ぼくはちょっと……」

「そりゃそうよね。わたしったら、ぼうっとしちゃって、自分でも何をしてるかわかってなかったんだ……でも、それがさいわいしたのよ。

ウィルセンホルムの奥さんがそこで泣いていたの。子猫が、木のすごく高いところからおりられなくなっていて。わたしがおろしてあげると言ったら、奥さんは危ないからだめと答えたわ。でも、だいじょうぶだとわたしが言い張ると、止めはしなかった。だから木に登っていって子猫をおろしてあげた。すると奥さんが言ったの。夫は自分の木に登ってる子たちのことで怒ってるけど、もしその子たちがわたしぐらい木登りがじょうずなら、きっとそれほど心配はしないだろうに、って。だから、わたし、自分がその子どもたちのひとりだと言って……」

サラは息が切れてあえぎました。早口にまくしたて、ほとんど息をしていませんでした。

「サラ！　何考えてたんだよ？」

「ううん、セス、それでよかったのよ。猫を助けてあげたら、奥さんはとてもほっとして、安全第一で木に登ったわたしに感心して、ご主人を説得してみると言ってくれたの。わたしたちは木の上にいても、まったく心配いらないって」

「奥さんに説得できるかなあ。ウィルセンホルムさんが耳を貸してくれる？」

「わからない。でも、奇跡的なことは起こってる。木の上で過ごすのがどんなにすてきかを心にとめておけば、《引き寄せの法則》がわたしたちを助けてくれるとソロモンから言われたの。それでゆうべ、ツリーハウスの大好きなところを思いうかべたんだ。そうしたら、けさはあらゆることが味方してくれてるみたい。お母さんは買い物にいくけど、わたしには家に残って好きなことをしていいと言った。それってまさに奇跡よ。そのうえ、土曜日の手伝いはしなくていい、やるべきことはもうすませたから、って。そんなことが起きたのはいつが最後だったか思い出せない。はじめてだったかも。そして、ウィルセンホルムさんがお庭の木からおりられなくなった猫ちゃんのことで泣いていた。変な感じ。セス、ほんとに、わたしたちを助けてくれることが、たてつづけに起こるみたいなんだもの。ソロモンと出会ってから、ずっと言われてきたことだけど、こんなに完ぺきに、こんなに早く効くの、はじめて。きっと、わたしたちが心から望んでるからよね」

「わかったよ、サラ。これからどうする？」

「ええと、それは考えなくていいみたい。ソロモンが言うには、わたしたちのつとめは、心から望むことを感じる場所を見つけることだけ。あとは《引き寄せの法則》にまかせることだって」

「うーん」セスは黙ってしまいました。

サラはセスが何か言うのを待ちました。

言いたいことがありそうだったのに、セスは口を閉ざしています。

「何なの？」サラはつつきました。「いったい何？」セスには悩みがあるみたい。

「引っ越すかもしれないんだ」

「引っ越す！　引っ越すって、どこへ？」

「父さんが失業しちゃったんだ。バーグハイムさんとこの息子が大学をやめて、父さんがこれまでしてきた仕事をするんだって。サラ、こんなの不公平だよ！」

不公平だ――このことばを聞いて、公平さに対する考えをあらためたことを、サラは思い出しました。そしてソロモンのことばが脳裏によみがえりました。

でいるよ、サラ。感情をコントロールするよう努力するうちに、たいがいの人は苦労しながら取り組んで、不公平なんてものはないとわかる。誰もが自分の感じていること、ずっと容易になってくるんだ。そかならず得ている。そこはかならず一致しているんだ。だから、いつだって公平なんだよ。

「セス、セス」サラは興奮してあえぎました。「どうにかできるわ」

「サラ、ぼくにはどうしたらいいか――」

サラはセスをさえぎりました。「信じて、セス。できるのよ。わたしたちがすべきことは、あなたのここでの生活や、お父さんの金物屋での仕事で気に入ってることを挙げていくだけ――あとは《引き寄せの法則》の働きにゆだねるの」

「サラ、いったいどうしたら、父さんの仕事が残してもらえるっていうのさ？」

「それはわたしたちの役目じゃない。ソロモンが言うには……」

ふたりの頭上で木の葉がはためいて、ソロモンがふわりと完ぺきな着地を決めました。

ここで会えるんじゃないかと思ってたよ。ソロモンはいちばん低い枝におりてきて、乱れた羽毛をくちばしで直しました。**きょうはすてきな日じゃないかい？**

「ソロモン、きのう、あなたと話してから、信じられないようなことがつづいたのよ！」サラが口走りました。

ああ、どんなことかわかる気がするよ。ソロモンは微笑しました。

サラは、ソロモンが何でも知っていることを思い出して、表情を崩しました。

ツリーハウス問題はいい方向に進んでいるようだね。ソロモンは教授のような声で語りました。**さて、この最新の展開について検討しよう。**

「ソロモン、父さんが失業したんだ。農場を手に入れるって言ってる。商売をうまくやれる大人じゃなく、ちゃらんぽらんな息子に仕事をさせるような気まぐれな雇い主に頼らないですむように」

なるほど、とソロモンは言いました。**こうした状況でお父さんが怒り悲しむのは当然のことだよ。だが、そんなふうに感じることは助けにはならない。状況を悪くするだけだ。きみが怒り悲しむのもまったく当然のことだよ、セス。きみの人生にも影響をこうむっているのだから。そして、サラが怒り悲しむのも自然ななりゆきだね。いまやサラの人生も影響をうけているのだから。**

「でも、わたしたちに何ができるっていうの、ソロモン？」サラは思わずききました。「できることなんてあるの？」

もちろんだとも、サラ。きみたちは自分で気づいてる以上にものごとをプラスに変える力をもっているんだ。

「でも、ソロモン、ぼくたちまだ子どもなんだよ、いったいどうやって――？」

ソロモンはセスをさえぎりました。**《流れ》につながっているひとりは、つながっていない百万人より力が強いんだ。**

セスとサラは顔を見合わせました。「つまり、たとえ子どもであっても、誰かに本人の望まないことをさせられるってこと？」

ちょっとちがう。何がなされるか、どうやってなされるべきか考えるのは、きみたちのつとめじゃない。きみたちは、誰もがしあわせになる結果を思い描くことだ――そして、それをもたらすのが《引き寄せの法則》なんだよ。

「誰もがって、どういう意味？　意地悪なバーグハイムおやじと息子もってこと？」

セス、この状況にあって憤るのは当然のことだが、きみのためにはならない。いいかい、怒ったり恨んだりすると、《しあわせの流れ》につながらなくなってしまうんだ。そしてこの《流れ》につながっていないと、きみの影響力はちっぽけになってしまう。

セスは黙っています。これはソロモンが何度となく語ってきたことだとわかりました。

それがどうやって起こるかは考えないようにするんだ。ただこのショックな経験はもう過去のこと、万事は良好だと想像してごらん。きみはサラとツリーハウスで会いつづけ、きみの人生はどんどんよくなっていると。楽しくて安らかな考えを頭の中に保ってごらん。つらい考えが浮かんだら──つかのま、起こることだ──ゆったりとその考えを取り除き、気持ちがよくなる考えに意識をまた向けることだ。そして、なりゆきを見守るんだ。

「ソロモン、わたしたちの助けになってくれる?」サラは尋ねました。

助けはあちこちから、さまざまな方法でもたらされる。望みを叶えるためにどれだけの支えをもらえるか知ったら、きっと驚くだろう。だが、まずは自分たちを望みに同調させなければならない。

サラとセスは顔を見合わせました。波動の同調のことなら、知っています。美術室のプリズムのこと、卵がくさったにおいのガスのこと、火事のサイレンのことなら憶えています……ふたりは気持ちがぐんと上向きました。

「それ、できる!」声がそろいました。そして、いっしょに笑いました。

できるとも、とソロモンが言いました。

「ねえ、ソロモン?」とサラが尋ねました。「宇宙がわたしたちの波動にどう答えるか、教えてくれたでしょう。《引き寄せの法則》のおかげだって。あのね、それがほんとうに気にかけてることなら、効きめは早まるのかな? というか、ツリーハウスについては、奇跡的なことが、あっというまに起こりだしたみたいだから」

それは大きく見えようと、小さく見えようと、いつもすぐに起こるんだよ、サラ。城を築くのもボタンをこしらえるのと同じぐらい、たやすいことなんだ。
楽しんでごらん。しあわせな結果をせいいっぱい思い描いてみるんだ。どうしてそれが起こるかは考えないでね。どのようにして起こるか、誰が助けてくれるか、いつ、どこで起こるか、は省くこと。何を心から望んでいるか、そこに集中するんだ。とりわけ大事なのは、安心感を得ることさ。ここでは万事良好だと。

サラとセスに見守られて、ソロモンは空へ飛びたちました。ふたりは静かにすわって、自分の将来について考えています。

「どこからはじめたらいいのか、わからないや」とセスはため息をつきました。「何かを考えようとすると、悪いことが思いうかぶんだ」

「わかる」とサラ。「わたしもなんだ。ひょっとして、かつて起こった悪いことを考えて、逆のことを想像したらいいかも」

「どういうこと?」

「ええと、たとえば、セスのお父さんが家に帰ってきて、失業したと言ったときに感じたことを思い出して——そこで反対のことを想像するの」

「そういうことか……わかった、ぼくは二階の自分の部屋にいて、玄関のドアがばたんと閉じる音がして、台所へ入った父さんの声が聞こえてくる……」

「どんな声？　楽しそう？」

「うん」セスはにやっと笑いました。「ほんとに。とっても楽しそうだ。つぎに母さんの声が聞こえてくる。母さんも楽しそうだ。ぼくが階段を駆けおりると、父さんと母さんは抱きあっていて、母さんはハンカチで顔をぬぐっている」

「何があったんだと思う？」サラはセスの想像した場面にあわせて尋ねました。

「ソロモンは言ってるよ、細かいところまで考えないで、ただのハッピーエンドでいいって」

「そうね、いい気持ち」

「うん」

「きっとうまくいくわ」サラは言いました。

「ぼくもそう思う。とにかく、気持ちは上向いてる」

「わたしも」

「もう帰るね」

「わたしも帰る」

サラはふり返って「セス！」と呼びかけました。「もしも今夜、お父さんとお母さんの機嫌がよくなかったら、わたしたちが想像したやつを思い出して。わかってるよね？」

「わかってるよ。さっさと寝るつもりさ。父さんたちの悲しい顔を見ないほうが、楽しいところを想像しやすいからね」

「うん」サラは笑いました。「いいアイディア」

「セス！」とサラはまた呼びかけました。「ほんとに、うまくいくって信じてるからね。この考えにはとてもいい手ごたえを感じてるの」

「うん！　じゃあね」

第32章　効果てきめん

「サラ、電話よ！」お母さんに台所から呼ばれて、サラは部屋から頭をつきだして、ききました。

「誰から？」

「ウィルセンホルムの奥さんから。どうしてあの奥さんがあなたに電話してくるの？」

「さあ。子猫をさがすのを手伝ってあげたからじゃないかな」サラは受話器をとって、お母さんに立ち聞きされたくないのが、あからさまに見えないように、なるべく遠くまでコードをひっぱりました。

「サラ、とてもいい知らせですよ。主人は木を切らないと決めました。ただし、あなたに会いたいと言ってます。あなたのお友だちにもね。あした、学校の帰りに、うちに寄ってもらえるかしら？」

「わかりました」サラは努めて冷静な声を保ち、はやる気持ちをひた隠しにしました。

　電話を切ると、自分のベッドルームへ向かって歩きだしました。

「何のご用だったの？」お母さんは疑わしげな声です。

「べつに。ウィルセンホルムの奥さんが、あした、学校の帰りにおうちに寄ってほしいんだって。

いいよね？」

「まあ、いいけど」お母さんは答えました。

部屋に入るなり、サラはベッドで体をはずませました。興奮して上下に飛びはねながら、叫びださないように口を手で押さえています。

やった！　やった！　やったあ！　サラは（心の中で）叫びました。

とても自分ひとりの胸にはしまっておけない。木のこと、ウィルセンホルムさんの家へ行く約束のこと、このいい知らせを一刻《いっこく》も早く、セスに伝えたくてたまりません。

翌朝、サラは急ぎ足で田舎道を校庭へ向かいました。昇降口と旗ざおがよく見える教員棟の石塀にすわって、セスを待ちました。生徒たちが車から降りて、つぎつぎに正門から入ってきますが、セスの姿はありません。

どこへ行ったの？　サラは心配になってきました。

もう引っ越そうとしていて、トラックに荷物を積むのを手伝わされてるとか？

サラはぞっとしました。そんなこと考えるなんて最悪だわ。

この強い不安感につつまれながら、ソロモンにかつて言われたことを思い出しました。

不幸な旅の果てに幸福はありえない。不安と幸福とでは波動が逆なんだ。不安な気持ちでいたら、しあわせにはなれない。

「わかってる、わかってる」サラは声に出して言いました。

「わかってるって何が？」セスが後ろから現れて、サラをぎょっとさせました。

「やだもう、セスったら。寿命《じゅみょう》が縮んだじゃない。建物の裏でいったい何してるの？」

「いや、べつに。早くうちを出て、遠まわりして来るときがあるんだ。けさは、ゆっくり歩きたい気分だっただけさ」

セスが家の中の緊張感について語りそうだったのに、あえて口に出さないでいることに気づき、サラはほほえみました。そうして否定的な状況に、ソロモンのことばを借りれば、加担することを避けたのです。

「セス、すっごくいい知らせがあるの。ゆうべ、奥さんが電話してきてくれて、ウィルセンホルムさんは木を切らないことに決めたけど、わたしと、あなたにも会いたいんだって。学校の帰りに、おうちに寄ってほしいって。わたしは行ける。セスは？」

「うん、行けると思う。サラ、やったね！」

始業の鐘が鳴って、ふたりとも楽しい話題から引き離され、がっかりしました。

芝生を横ぎって歩道に出ると、セスが思案顔で言いました。「どうしてぼくたちに会いたいんだろう？」

「さあね」

「じゃあ、またあとで。丸太の橋のところ？」

「うん。しあわせな結末を思い描いてね！」サラは肩ごしに言いました。

「うん、きみもね」

第33章　誰のツリーハウス？

　サラは授業に集中するのに必死でした。とても長い一日。ウィルセンホルムさんは何の話をしたいのかを想像してみましたが、あの人と会うんだと思うたびに、どきどきして、何を考えているのかわからなくなりました。

　大柄な人で、町で何度も見かけてはいますが、話したことはありません。地域の有名人で大農場主です。谷にある牧草地のうち、いくつがウィルセンホルムさんのものか、サラは知りませんが、たくさん土地を持っているのは確かです。

　サラはついに考えやすいことを、セスとターザンロープで遊んでいる場面をくりかえし思い描くようになりました。セスの最初のロープからの落下は——そして最初の完ぺきな着地は、いつでも楽しく思い出されました。

　しあわせな時間をくりかえし思い出すだけで、こんな喜びを感じられるなんて驚きだわ。サラの全身に鳥肌がたちました。

　終業の鐘が鳴ると、サラは頭ふたつぶんは跳ねあがりました。教室から飛びだし、教科書をロッカーに放りこんで、正門から走りでて丸太の橋へ向かいました。

たどりついたときには、セスはそこでもうサラを待っていました。ふたりとも息を切らしながら、顔には笑みを浮かべています。

「さあ、いよいよね。さてどうなることか」とサラ。

長い細道をたどって、ウィルセンホルムさんの家の玄関に着きました。サラの目には、この庭の何もかもがすてきに映りました。大きな木が長い細道に影を落とし、歩道に敷かれた美しい石のあいだに細かな草が生えています。

ドアについた大きな真ちゅうのノッカーをたたいて、ふたりは待ちました。

ウィルセンホルムの奥さんが、あたたかな笑顔で出迎えてくれました。「サラ、ようこそいらっしゃい。こちらのりっぱな若い紳士はどなた?」

「セスです。セス・モリスといいます。はじめまして」

サラはくすっと笑いました。セスったら、あがって、よそゆきの態度になってる。もし帽子をかぶっていたなら、ちょっと持ちあげて見せてるところだわ。

「さあ入って、すわってちょうだい。クッキーをこしらえておいたの。お母さんたちにはしかられないでしょうね?」

「はい。ご親切にありがとうございます」

「楽にしてね。クッキーをとってくるわ。主人はすぐこちらに来るはずよ」

サラとセスはぎこちなげに大きなソファに腰かけました。サラがこんなきれいな家に入ったのは、はじめてのことです。顔つきからして、セスにとっても、これがめずらしい経験であるのは明らかでした。

車のドアが閉じる音が聞こえるのと同時に、ウィルセンホルム夫人がクッキーを持って部屋に入ってきました。「あら帰ってきた。いつもながら時間どおり。手を洗ったらすぐこちらに来ますよ。どうぞクッキーをめしあがれ。わたしもじきに戻るわ」

サラはクッキーをかじりました。きっとおいしいんだろうけど、それどころじゃないわ。頭がぐるぐるまわるし、胸がどきどきしています。「こんなに緊張したことってない」

セスは笑いました。「ぼくも」

ウィルセンホルムさんがいきなり部屋に入ってきました。

「いやあ、こちらこそ緊張するよ！　きみが有名なサラだね。木の上で生まれたみたいに木登りがじょうずで、子猫を助けてくれたという」

サラは笑顔になって答えました。「はい」

「きみはどなたかな？」ウィルセンホルムさんはセスの手をとり、しっかり握りました。

「セスです、セス・モリス」ごくりとつばをのみこみました。ウィルセンホルムさんは、力が強い人だ。たぶん、こんなに間近で見た中では、いちばん強い人だ。

「きみたちふたりは、ここ数カ月間、うちの林に立ち入っていたと理解しているが、それで正しいかな？」

「はい、そうです」サラとセスは声をそろえて答えました。

「そうか」ウィルセンホルムさんは腰をおろし、ふたりをじっと見つめます。

「あの木のロープを結びつけたのは誰だね？」

「ぼくです」

「あのツリーハウスを建てたのは？」

「ぼくです」

「ほう」ウィルセンホルムさんは身をのりだして、テーブルに置かれた美しいお皿からクッキーをつまみとりました。「きのう、きみの――いや、うちの、と言うべきかな――ツリーハウスに行ったんだ。じっくりと見てきたよ。頑丈《がんじょう》な造りに感心したと言わざるをえないな。材料はどこで手に入れたんだね？」

「ええと」セスは息をのみました。「あちこちからです。木工の先生から、いくつか……先生が捨てようとしていた木くずやなんかをもらいました。体育の先生からは、ロープをもらいました。授業でよじ登るには粗すぎて、生徒が手にたくさんマメをつくってたんで。父が金物屋で働いてる……働いてたから、家のたきつけ用にくず材を持ち帰ってきていて、それも使いました」

「こういう造り方はお父さんに教わったのかね？」

「いいえ。ぼくの自己流です。木をいじるのが好きで」

サラのほおがゆるみました。会話がうちとけてきています。

「父さんは農業が本業なんです。これまで、たいていは農業をしてきましたから。木工も教えようと思えば教えられますけど。そういうことが、ほんとにうまいんです。というか、ほとんど何でもできます」

「ふむ、あのツリーハウスを造るようなりっぱな仕事をした人物に会ってみたかったんだよ。うちの農場の作業頭がじきに引退《いんたい》するのでね。子どもたちも成長したし、働くのにも疲れたんだろうな。代わりが見つかるまではつづけると言っているが、もうがむしゃらに働くつもりはない。それで、きみみたいな助手を雇えたらどうかと思ったんだ。しばらく彼の指示で必要なことを手伝ってもらうあいだに、新しい作業頭をさがせばいいと」

ある考えが、セスの頭の中ではじけました――と同時に、まったく同じ考えが、サラの頭の中ではじけました。顔を見合わせると、たがいに相手の考えていることが、はっきりわかりました。

そのとき、ウィルセンホルム夫人が口を開きました。

「スチュアート、ねえ、この子のお父さんを雇ったらどうかしら。あなたがさがしていた人材に、ぴったりじゃないの」

ウィルセンホルムさんはしばらく黙りこんでいました……サラとセスは静かにすわっていました……息もしていないぐらいに静かでした。そこでウィルセンホルムさんが言いました。「お父さんは金物屋で働いていると言ったね？」

「はい」

「背の高い、やせた人かな？　きみと同じ色の髪をしてる？」

「はい」

「いつだったか、会ったことがあるな。ひどい故障《こしょう》が起きたのを直してくれたよ。閉店後も作業をつづけ、文句ひとつ言わなかった」

サラとセスはびっくりして顔を見合わせました。ウィルセンホルム夫人が、自分たちの考えたとおりのことを言ってくれたのが、とても信じられません。あっというまの展開でした。

「お父さんは仕事をさがしてるんだって？」

「はい。ええと、さがしてると思います」

ウィルセンホルムさんはポケットから財布をとりだし、その中から何かを出して、セスに渡しました。

「この名刺をお父さんに渡して、もしうちの農場管理に興味があったら電話してほしい、相談したいと伝えてくれ。なんなら、きみの仕事にしてもらってもいいがね、セス」

ウィルセンホルム夫人は戸口に立って、うれしそうに、にこにこしています。

「はい」とセスはうっかり答えました。この名刺がきらきらと輝く金貨であるかのように見つめています。「すぐに渡します」

サラは、テーブルの自分の前に奥さんが置いてくれていた紙ナプキンに手を伸ばしました。気がつかないうちに、手に持っていたクッキーのチョコレートチップが、どろどろに溶けてしまっています。クッキーの残りを口につめこむと、紙ナプキンで手をふきながらほとんど丸飲みにしました。「じゃあ、きみたち」とウィルセンホルムさんが声をかけました。「きょうはうちに寄ってくれてありがとう。サラ、家内のことを助けてくれてありがとう。そして、セス、お父さんからの電話を待っているよ。それでだ、きみたちがうちのツリーハウスで遊びたいならば、こっちはかまわんよ。ただし、安全には気をつけること、いいね？」

サラとセスは家の外のポーチでたたずんでいました。笑うべきか、泣くべきか、叫ぶべきなのか、わかりません。せいいっぱい自制して、平静さをよそおって、細道をずっと歩いてきて、庭の外に出たとたんに飛びあがると、その先の一ブロック半は「わーい」と叫びつづけました。

「こんなことが起きるなんて誰も信じないよ、サラ。やった！　やった！　やったあ！」

第34章　何があろうとも

「いったいどういうわけで、こいつは、おれが農場の骨折り仕事に、ちらっとでも興味をもつなんて思うんだ?」お父さんはセスにどなりながら、ウィルセンホルムさんの名刺をテーブルにたたきつけました。

セスは、奇跡的なよい知らせと思ったことに対するお父さんのこの反応に、呆然《ぼうぜん》としていました。

「そもそもおまえはそこで何をしてた?」

セスは黙っていました。父さんに説明なんかできっこない——《引き寄せの法則》がもたらした奇跡の数々のおかげで、ウィルセンホルムさんと会えたなんて。セスは過去の多くの経験から学んでいました。父さんの虫の居所が悪いときは、黙ってるほうがいい。無口なほどいい。父さんには、よかれと思ってしたことも、ねじ曲げて、いけないことにしてしまう癖があるみたいだ。

セスの目に涙があふれました。なんでこうなるんだ?　とても素晴らしいことが、とてもひどいことに変わるなんて。父さんは本気でこのチャンスを見すごすつもりなのか?

「ほら、あっちへ行け!」お父さんはセスをどなりつけました。

お父さんに涙を見られないうちに出ていけて、セスにはさいわいでした。

顔を洗って、髪をとかして、玄関からそっと出ると学校まで走りつづけました。フットボール競技場をつっきり、ロッカールームをすり抜け、スタジアムへ入る階段をのぼってスタンド席へ行き、始業の鐘が鳴るのを待ちました。けさは、サラと会いたくありません。このひどい知らせを告げる気にはなれませんでした。

サラの一日を台なしにしても意味ないや、とセスは思いました。

サラは一日じゅう、セスを待っていました。どうなったのか知りたくてたまりません。こんな素晴らしい仕事のチャンスに恵まれて、お父さんはわくわくしたにちがいないわ。終業の鐘が鳴りました。なぜセスをまだ見かけないのか、おかしいとは思いつつも、ツリーハウスにまた行けるのがうれしくて、あまり心配はしませんでした。

ハウスに着いてみると、セスはもうそこにすわっていました。サラははしごを足どりも軽く登っていきましたが、セスの顔を一目見て、何かとてもよくないことがあったのだと直感しました。

「どうしたの？」

「父さんがあの仕事はしたくないって」

「え？」サラは口走りました。自分が耳にしたことが信じられません。怒りを感じました。「どうしてそんな……？」

ソロモンが上空から舞い降りてきました。**やあ、こんにちは、羽のない親友たち。**

「ああ、ソロモン」とサラはつぶやきました。セスは顔を上げもしません。

これはこの展開ではとても重要な部分だよ。

「展開って何さ?」セスが腹立たしげに言いました。「展開なんてしない。おしまいだ。父さんが幕を閉じたんだ」

そうかな。ぼくがきみだったら、そんなふうに決めつけないけどね。

「なぜ? わたしたちの知らないことを何か知ってるの?」サラは期待してききました。

いや、ぼくが知っているのは《引き寄せの法則》の効果のほどだ。そして、きみたちは自分の思い描いた未来になおも集中すべきだ、ということだ。もしきみたちがその未来図に——心地よい場所に——集中しつづければ、《引き寄せの法則》は変わらずに、きみたちの支えになってくれる。

「でも、ソロモン、父さんはあの仕事はいらないって言うんだ」

それがどんなふうに見えるかはわかるよ。だが《引き寄せの法則》は強力なものなんだ。セス、きみのお父さんはプライドの高い人だ。そして、金物屋をやめさせられるという鬱屈《うっくつ》した気持ちをかかえたまま、この申し出に反発してしまった。それでも、現状に引きずられて、心のつながりを失ってはならない。いいかい、《しあわせの流れ》につながっていてこそ、きみの影響力は発揮《はっき》されるんだよ。

いい状態のもとで《流れ》につながっていることは、いつだってたやすい。だが、誰より優れた創造者は、どんなことがあろうと《流れ》につながっていられる。それが、優れた創造者であるゆ

えんなんだ。

あのね、いいときだけの創造者と、いつでもの創造者がいるんだ。いいときだけの創造者になることはたやすい。すべてが思いどおりに運んでいるときは満足できるが、どんな局面でも波動を、いい精神状態を保てるとしたら、それこそ真の創造性の表れなんだ。

それに、きみたちの思い描いた未来図と《引き寄せの法則》とで、もうずいぶん先まで進んできたじゃないか！　ぼくならその未来図をそうあっさり捨てはしないな。

サラはだいぶ気持ちが上向きました。ソロモンの話を聞くことで、数々のピンチを切り抜けてきたのです。セスの表情も明るくなっています。

「じゃあ、父さんに何て言えば？」

ああ、ぼくならお父さんにたいしたことは言わないだろうな。このことに関してはね。ぼくなら、しあわせな結末をただ思い描きつづけ、あとは《引き寄せの法則》がどうにかしてそれをもたらしてくれるのを待つだろう。きみは心配性なんだな、わが友よ。だが、何も心配することなどないんだよ。しあわせな結末を信じることだ。

「それは父さんが決断を下したとき……」

セスは言いかけて、口をつぐみました。望まないことの波動につながろうとしていたと気づいたからです。

ソロモンは微笑しました。

ほらね、セス。それが信じるということだよ。ほんとうに望む未来図をいだきつづけること――そうではないと示す証拠があるときにもね。信じるというのは、すなわち《引き寄せの法則》を信頼して、それが功を奏するまで、がまんする意志をもつことだ。

「ぜひ急いでほしいんだけどな」

《引き寄せの法則》が働くまで、がまんすること。ソロモンはくりかえしました。

セスとサラは笑いました。

「わかったよ、ソロモン。やってみる」

もしぼくがきみたちの立場だったら、このツリーハウスにいることをありがたいと思うだろう。自分にとって状況がよくなっていると認めるだろう。ある日、この心地よい憩いの場から追放されたが、翌日には堂々と自由に出入りすることを許されたのを憶えておくだろう。驚くべきことだ。そうだろう?

「うん」ふたりは同時に答えました。

もしぼくがきみたちだったら、自分の力の大きさに気づくだろう。自分を助けるように、状況やできごとを宇宙が整えてくれ、この状況やできごとの流れに終わりはないことに、気づくだろう。いいことが絶え間なくきみたちへと流れこんでいく。その証拠に目を光らせることだ。

いいかい、これだけ多くの素晴らしいことが起こる前には、いったん、頭の中でそれを思い描かねばならなかった。だが、いまは、そのことを思い出しながら、いいことを想像しつづけられる。

だから、どんどん容易になっていく。楽しんでやってごらん。

こうして心強いことばを残し、ソロモンは飛びたっていきました。

「まったく、のんきなんだから」去っていく姿を見送りながら、セスは言って笑いました。

サラは笑いました。「ソロモンみたいになりたいなあ」

「うん」セスはあいづちをうちました。「ほんとに」

第35章　お昼寝の時間？

サラは学校でまる一日、セスの姿を見かけませんでした。会えないなんて信じられない。会って、もし必要ならば励ましてあげたいのに。きっと家でいやなことがたくさんあって、心地よい場所に気持ちを保っておくのに苦労しているだろう。

そこでサラは、ソロモンに教わったことを思い出しました。喜ばしくない現実は無視して、夢や未来図に意識を向けることを。サラとセスは何度も練習してきましたが、サラはまだ自分をつねにコントロールできるレベルにはほど遠く、ましてつらい状況のまっただ中で暮らしているセスは、どうやっているのか見当もつきません。

セスとても仲よくなったことを思い、セスがもうこの山あいの町にいなくなると想像したら、胃がきりきりと痛みました。胸にぽっかり穴があいたようで、息が切れそうです。

「ふうっ」サラは声に出しました。「この考えがわたしの望みとちがうのは、どうやら明らかね」

サラは息を大きく吸って、いい気持ちになる考えを見つけようとしました。心はすぐにツリーハウスへと、セスがしっかり木に結わえつけたターザンロープへと向かいました。発射台のことを思いました。これらから遠ざけられたのち、素晴らしいことに、すべてが取り戻せたのでした。やさしいウィルセンホルムの奥さんと、子猫ちゃんが、ウィルセンホルムさんのどら声と目の輝きが、よみがえってきました……。

大切なやさしい友だちソロモンの、いつも誠実な教え。ソロモンが死んだときのことを思い出しました。胸が張り裂けそうだった……あんなふうにして想像できる最悪のことが起こったときも、どうにか乗り越えた。何やかやで、あのときから状況はましになった。絶対もう喜びは尽きたと思えたあのときが、新たな多くの喜びの始まりになったんだわ。

頭上をガンの群れが飛んでいくのが見えて、顔がほころびました。ソロモンがはじめに教えてくれた、同じ羽毛の鳥たちは似ているということを思い出しました。そのときからサラに《引き寄せの法則》の考えが伝えられたのでした。

「うわあ、ずいぶん遠くまで来たものね」くすくすと笑いました。

サラは気づいていました。ほんの何分か、意識して考えを選ぶことで、あのひどい胃の痛みは消えていたのです。にんまり笑いました。わたし、ソロモンから教わったとおりにやっていた。自分の波動を決めていたんだわ。

「あと二分だけ待って、セスに会えなかったら、ツリーハウスに行こう。きょうはそもそも学校を休んだのかもしれない。あっちで会うつもりなのかも」

二分たって、サラはツリーハウスへ向かいました。

歩いているうち、またぞろ不安が頭をもたげてきます。セスにツリーハウスにいてほしいのに、いるかどうか定かでないせいで、よけいにセスがそこにいることが重要に感じられてしかたがありません。

やだなあ、もしセスがいなくたって、どうってことないじゃないの。学校を休むとか、ツリーハウスに行けない理由なんてごまんとある。特別なことじゃないよ。そう思おうとしましたが、不安な気持ちは変わりません。というか、むしろ不安がつのっています。

セスが引っ越すことを考えないようにと念じれば念じるほど、気持ちは沈んでいきます。

「こんなのばかげてる」サラは声に出して言いました。「きっと感情をコントロールしてみせるわ」

わたしにはいろんなものに感謝することが必要なんだわ。サラはソロモンのゲームを憶えていました。さてと、何に感謝するかというと――

わたしに、みんなに対して、《引き寄せの法則》の効果があることに感謝します。

ウィルセンホルムの奥さんが、ツリーハウスを取り戻す助けになってくれたことに感謝します。

ウィルセンホルムの奥さんの猫ちゃんが、わたしを奥さんのもとへと導いてくれたことに感謝します。

ウィルセンホルムの奥さんが、わたしたちをご主人のウィルセンホルムさんに紹介してくれたことに感謝します。

セスと知りあえて……。セスのことを考えるたびに、サラの胸に悲しく、つらい感情がこみあげてきます。涙がほおを流れ落ちました。「ああ、ソロモン」とつぶやきました。「セスが引っ越したらどうしよう？　いったいどうしたら、セスみたいな友だちが見つかるっていうの？」

サラは袖口で顔をふいて、悲しみにくれる自分に怒りました。「こんなことしていても、誰のためにもならない」声に出して言いました。

ソロモンのことばが、頭に浮かんできます。**波動を同調させて……いやなものには注意を向けないで……しあわせな結末へ意識を向けつづけて……《引き寄せの法則》が働く……結果をあせらないで……安心して……万事は良好だよ。**こうしたことばに助けられました。

ツリーハウスに登っていきましたが、セスはいません。ソロモンもいません。

「ねえ、どこにいるの？」口に出して問いかけました。

楽しい考えをさがすものの、この現状は、セスがいないことは、乗り越えがたいぐらいにつらく感じられました。

ゆっくり昼寝でもするといいかもね、とソロモンは言いつつ、上空からツリーハウスの床へと舞いおりました。

「ソロモン！　どこへ行ってたの？」

いろいろなところさ。ソロモンは微笑しました。

「ソロモン――」サラが言いかけました。

ソロモンはそれをさえぎりました。**サラ、きみの悩んでいることが何であれ、ときには忘れるこ**

とがいちばんだったりするのさ。《引き寄せの法則》がどうにかしてくれるよ。おうちへ帰って、早めにベッドにお入り。

ソロモンは大きなロープが結んである枝へと飛びあがり、そこからさらに飛びたって、サラの視界から消えました。

「もう、ソロモンにさえ、元気づけてもらえないのね」サラはぶつぶつと言いました。

そして、はしごをおりて家路《いえじ》につきました。

「ちょっと寝ようかしら」

第36章　未来を思いうかべて

セスがサラの町にやってきてから学校に行かなかったのは、この日がはじめてでした。お母さんが居間へ持ちこんだ荷づくりの箱をあちこちに置いている音で目が覚めました。

「このたくさんの箱は何なの？」とセスはわかりきったことを尋ねました。箱をまたぎ越し、迂回して、台所へ入ろうとしました。

「荷づくりのよ。引っ越しをするから」お母さんはぽつんと言いました。声にはがっかりした気持ちが聞きとれました。お母さんはあまり多くを語りませんでしたが、この小さな山あいの町が好きになっていたのをセスは感じていました。これまで見たことがないほど、この町での生活には満足しているふうでした。セスには必要以上に忙しく、必死に働いているように見えるお母さんですが、この家に来てからは、お父さんの金物屋での稼《かせ》ぎがいいこともあって、以前のような農場のきつい仕事からはだいぶ解放されていました。

セスは、お母さんを見ていて、悲しくなりました。先行きの知れない不安感が伝わってきました（あるいはセスが考えるより、お母さんには先が見えているのかもしれません）。

「そろそろお別れをしていきなさい。あと一週間かそこらで、ここは引き払うからね」

セスはのどがつまるのを感じて、「うん」と言いおくと、外のポーチに出ていきました。

「ソロモン」そっとつぶやきました。

想像してごらん。セスの頭にソロモンの声がひびきました。

ポーチの柱をつかみながら、セスは目を閉じて、ツリーハウスでターザンロープをしている自分の姿を思いうかべました。サラの笑い声が聞こえ、顔をなでる風が感じられます。のどのつかえが取れ、気持ちがたちまち楽になりました。

もっと想像して。ソロモンの声がまた聞こえました。**お母さんはどうかな。**

セスは、ぎゅっと目をつぶりました。家のまわりで楽しそうに働いているお母さんを思いうかべました。お母さんは心が安らかです。にこにこしています。セスはとたんに胸がすっとしました。

よくやったね。セスの頭の中のソロモンの声です。

セスは目を開けました。お母さんが箱をいじっている音が聞こえますが、ほかのことに、何でもいいからほかのことに意識を向けようと努めました。つらい現実には戻りたくない。自分の選んだ未来図に意識を向けていたい。

「おまえがどこで過ごしてきたのかは知らないけど、どこであれ、せいぜいいまのうちに行っておいで。行けるうちにね」

母さんはツリーハウスへ行けと言ってくれてるのかな？　どうやらそうみたいだ。

セスは玄関ポーチを飛びだすと、サッカー家の小道を駆けぬけ、そしてこの素晴らしい木をどんどん登っていきました。息を切らしながら、ひとりでずわりました。心は躍っていました。いいことが絶え間なくきみたちへと流れこんでいく。その証拠に目を光らせることだ。ソロモンのことばを憶えていました。

セスはほほえみました。母さんは、たったいま、しあわせが流れてる証拠をくれたんだ。目を閉じて、心をつなげて、いいことを想像しました。お父さんがしあわせだと想像しました。なぜしあわせかとは考えないで。とにかく、しあわせなんだ。お母さんがにっこり笑うところを心の目で見ました。サラの笑顔を見ました。これは簡単でした。

セスはロープをつかんで、目を閉じたまま、木から飛びたちました。顔に風をうけ、空を飛んでいるのを肌で感じつつ、前に後ろにスイングしながら、ともかくもこの瞬間だけは万事良好だと思ったのでした。

第37章　しあわせに満ちて

　お客さんが入ってきたことを示す入り口のカウベルの音を聞いて、セスのお父さんは、金物屋の奥の部屋から出ていきました。

「何かご入り用ですか？」

「この棚の引出しの把手《とって》に合う、もっと長いねじがほしいんですわ」と、お年寄りの男性客が言いました。「この短いねじだと、把手がしょっちゅう抜けちまうもんで」

「うちの店にいいのがありますよ。そうですね、これなんかぴったりだ。はい、こちらをお試しください」

　老人はねじと把手を合わせてみて、具合がいいことを確かめました。「ああ、どうやらおっしゃるとおりだ。ありがとう。おかげで手間が省けましたわ。要るのは二十四本だが、わらの中に落とすかもしれないから、三十本もらっておこうかね。馬小屋の棚用なんで。深くわらを敷きつめてあるんですわ。このよぼよぼの指じゃあ、二、三本は落としそうだ」

　セスのお父さんは笑いました。おもしろいご老人だ。「いや、その心配はないでしょう。ご壮健《そうけん》に見えます」

「いやあ、じきにもっと元気になりますわな。隠居《いんきょ》しますによって。女房と旅に出ます。何年も前から東部に里帰りさせると約束してたんですわ。やっとそれが果たせるわけで。時間がなかなかなくてね。だが、もうだいじょうぶ。女房も、もちろん、だいじょうぶ。辛抱《しんぼう》づよいやつです。いや、まったく」

「何のお仕事をなさっていて出かけられなかったんです?」

「長らくウィルセンホルム農場の作業頭をしてました。いい仕事でしたわ。文句なしです。給料もいい。信用できる部下がたくさんいて、その監督をするのが仕事だったわけだが、働き者で正直者ばかりでしてね。ウィルセンホルムさんは、長年現場を切り盛りしてきた、あたしにやめられると寂しいと言ってくれますが、代わりが見つかりそうで何よりです。手ごたえのある人材にめぐりあえたようで。そのご仁《じん》には誰もが求める最高の推薦者《すいせんしゃ》がいたんだとか。つまり、当人の息子さんからすすめられたと。おっと、もう帰らなきゃな。晩めしに遅れると、かかあの虫の居所が悪くなるんでね。どうもお世話さま」

セスのお父さんは、ことばもなく、たたずんでいました。あたかも心から巨大な重しが除かれたかのようでした。折り曲げてあった名刺をポケットからとりだすと、電話に手を伸ばしました……。

まさにそのとき、ターザンロープをしていたセスは、全身が興奮で鳥肌がたっていました。目を開けてみたら、スイング中に止まってしまったロープで、小川のどまんなかにぶら下がっています。

「あれれ、夢を見ることに夢中になりすぎちゃった」そして水の中に入り、川辺まで泳いで戻りました……。

しあわせに満ちている。ソロモンの声が頭の中で聞こえました。**しあわせに満ちている。**

第38章　やったね！

サラは目覚めました。とてもいい気分でした！　いやな気持ちは夜のうちに消えていて、玄関の階段をおりるにつれ、新しい自分になり、元気がわいてくるようです。

素晴らしい日だわ、と思いながら学校へ向かって歩きだしました。

前方を見やると、交差点のまんなかに誰かが立っています。セスだとわかって、サラは満面の笑みになりました。セスはサラを見つけるなり、駆けだしてきました。

走りながら叫んでいるセスの言っていることは聞きとれませんが、いい知らせなのは明らかです。半ば走り、半ば飛びはねつつ、笑顔です――そして叫んでいます。

サラの耳にことばが聞こえてきました。

「サラ、信じられない、きっと信じないよ！　仕事をするって！　あの仕事するって！　父さんがあの仕事するって！　ここに残れるんだ。奇跡だ。ソロモンは正しかったんだよ、サラ。やった、やった！」

サラは通学かばんを道ばたに落とし、ふたりは手をとりあって飛びはね、叫びました。

「やったあ、やったあ、やったあ！」

近所の人が、この道ばたで喜びあう光景をおもしろがるように見つめながら、私道からバックで車を出して、わきをゆっくりと通りすぎました。

ふたりは笑いました。「ぼくたち、ちょっと変に見えるかもね」セスは言いました。

「知らない人から見ればね」サラは吹きだしました。「知らなくて残念ね！」

グワア、グワアと、頭上でガンが鳴きました。

サラとセスが空を見上げると、ガンの大群が完ぺきなV字を描いて飛んでいます。その最後尾にいたのは、ほかでもない、ソロモンでした。

セスとサラは歓声をあげました。

ソロモンはフォーメーションを崩し、サラとセスのところへ、らせん降下してきました。

「ソロモンったら、ガンと群れをなして、いったい何してるの？」

おや、たいがいの人の目には、ぼくはきみたちと群れをなしてるように見えるだろうさ。サラとセス、羽のない親友たちとね。

サラとセスは笑いました。

あれはどんな感じなのかと、つねづね気になっていたんだ。

「何のこと、ソロモン？」

編隊飛行《へんたいひこう》だよ。フクロウはしないことだからね。

ふたりはまた笑いました。

それじゃあ、また。とソロモンは言って、空へ飛びたっていきました。**練習することが山ほどあるんだ。とてもきびしいんだよ。ガンという鳥は、正確さを好むからね。**

「じゃあね、ソロモン。ツリーハウスに来られる?」

行くよ、とソロモンは返事をしました。**そこでまた会おう……。**

―つづく―

「サラとソロモン」のシリーズは二〇〇八年十月現在、三作刊行されています。シリーズの第一作は、『サラとソロモン　少女サラが賢いふくろうソロモンから学んだ幸せの秘訣』（ナチュラルスピリット刊、二〇〇五年）としてすでに刊行されています。

本作品は、シリーズ第二作である *Sara and Seth: Solomon's Fine Featherless Friends* の全訳です。また、第三作 *Sara, Book3: A Talking Owl is Worth a Thousand Words!* の邦訳は、小社より二〇〇八年十一月に刊行予定です。

著者紹介

エスター＆ジェリー・ヒックス　Esther & Jerry Hicks
アメリカ人のスピリチュアル・リーダーである夫妻。見えない世界にいる教師たちの集合体であるエイブラハムとの対話で導かれた教えを、1986年から仲間内で公開し、1989年から全米50都市以上でワークショップを開催する。エイブラハムに関する著書、カセットテープ、CD、ビデオ、DVDなどが700以上もあり、日本では『引き寄せの法則』（ソフトバンククリエイティブ)、『サラとソロモン』（ナチュラルスピリット)、『運命が好転する 実践スピリチュアル・トレーニング』（PHP研究所）等が紹介されている。
ホームページ　http://www.abraham-hicks.com/

訳者紹介

栗原百代（くりはら・ももよ）
早稲田大学第一文学部卒。東京学芸大学教育学修士修了。
おもな訳書にヘラー『あるスキャンダルの覚え書き』（ランダムハウス講談社)、ペニー『優しいオオカミの雪原』（早川書房)、ヴェリッシモ『ボルヘスと不死のオランウータン』（扶桑社)、コペルマン他『戦場で出会った子犬の物語』（日経ＢＰ社）など。

物語で読む引き寄せの法則　サラとソロモンの友情
2008年10月30日　初版発行
2014年7月30日　4刷発行
著　者　エスター&ジェリー・ヒックス
訳　者　栗原百代
装　幀　岡本洋平（岡本デザイン室）
装　画　谷山彩子
発行者　小野寺優
発行所　河出書房新社
東京都渋谷区千駄ヶ谷2-32-2
電話　(03)3404-8611〔編集〕　(03)3404-1201〔営業〕
http://www.kawade.co.jp/
組版　株式会社キャップス
印刷　三松堂株式会社
製本　小泉製本株式会社

ISBN978-4-309-20505-2

河出書房新社

すごい！　自己啓発　「夢」をバージョンアップしろ！

岡崎太郎 著

通信販売の世界でゼロから立ち上げ成功を収めた著者が、自身の成功体験をベースに、人生という大事業に右往左往している多くの人に自分を「高く」売るためのノウハウを惜しみなく披露する。

夢トレ　なりたい自分を育てる15のトレーニング

岡崎太郎 著

あなたの人生にとって必要なのは戦略ではなく、情熱なのだ。なりたい自分、夢を育てるためのトレーニングを一人の成長物語を通して学んでいく画期的な自己啓発本。

ヒーリングレッスン　オーラの綺麗な人になる

寺尾夫美子 著

仕事も恋愛も思い通りの、幸運な人生をプロデュース！　心も体も若々しい本来の自分を取り戻すには、７つのチャクラを活性化させることが大切。セルフヒーリングのコツを易しく丁寧に解説。

ヒーリングエクササイズ

寺尾夫美子 著

心のマイナス要因を解消し、輝くオーラの人になるエクササイズを紹介。誰でも毎日できる簡単な体操をイラスト図解。体の不調はもちろん人間関係、仕事、恋愛などの問題も解決できる本！

カラーヒーリング　健康と幸福をもたらす光と色

サイモン＆スー・リリー 著　瀧野恒子 訳

光に対する人の反応、色の使い方、色の影響チェック、色のヒーリングパワー活用法など、基本知識から思わず試してみたくなるアイデアまで満載した実用ガイド。

河出書房新社

信仰が人を殺すとき

ジョン・クラカワー 著　佐宗鈴夫 訳

人を救うはずの宗教が、なぜ人を殺すのか？　アメリカの宗教の中で最大勢力のモルモン教。その原理主義者の兄弟が起こした殺人事件を軸に信仰とは何かを追う迫真のノンフィクション。

ボーパール　午前零時五分　上・下

D・ラピエール 著　H・モロ 著　長谷泰 訳

1984年、インド中部の州都ボーパールで超優良多国籍企業の化学工場が大爆発、死者３万人以上とも言われ世界を震撼させた。「世界の終わり」の大事故を壮大なスケールで描く長篇小説。

人間はどこまで耐えられるのか

フランセス・アッシュクロフト 著　矢羽野薫 訳

死ぬか生きるかの極限状況を科学する！　どのくらい高く登れるか、どのくらい深く潜れるか、暑さ寒さや速さ等、肉体的な「人間の限界」を著者自身も体を張って調べ抜いた驚異の生理学。

光の手　自己変革への旅　上・下

B・A・ブレナン 著　三村寛子 訳　加納眞士 訳

NASAの科学者からプロのヒーラーとなった著者の決定版ヒーリング・ガイド。“愛と癒しのバイブル”としてアメリカで大ベストセラー。待望の日本語版ついに刊行！　奇跡の実践法を伝授。

癒しの光　自己ヒーリングへの旅　上・下

B・A・ブレナン 著　王由衣 訳

名著『光の手』の続編。前著はヒーラーのための教科書として書かれているが、本書は一般の人が自己ヒーリングに取り組むためのノウ・ハウを満載している。実践的ヒーリング・ガイド。

河出書房新社

ザ・マスター・キー

チャールズ・F・ハアネル 著　菅靖彦 訳

すべては成功する鍵から始まる！　アメリカの成功者たちが証明する最強の成功哲学であり、自己啓発の名著。「ザ・シークレット」の原典となった永遠普遍の極意を24週のレッスンで学ぶ。

自分の感情とどうつきあうか　怒りや憂鬱に襲われた時

J・ラスカン 著　菅靖彦 訳

現代ストレス社会にあってますます強まる怒りや落ち込みや不機嫌などの感情はどう克服できるのか。いたずらに抑えこまずに、感情を解放し、健全な心身をめざすことができる、画期的な本。

顔は口ほどに嘘をつく

ポール・エクマン 著　菅靖彦 訳

本音は顔に書いていない！　人間は顔の表情をコントロールすることもできる。感情表現、顔の表情の研究の権威であり、嘘を見破る「表情分析解析法」を開発した著者が指南する決定版。

パワー・オブ・フロー　幸運の流れをつかむ新しい哲学

C・ベリッツ、M・ランドストロム 著　菅靖彦 訳

フローとは、幸運をもたらす流れにのった状態のこと。確かな満足を与える、バイオリズムを超えた新しい概念。人間関係からビジネスまで広く全てに応用できる新しい〈生き方哲学〉の誕生！

戦略的グズ克服術　ナウ・ハビット

ネイル・A・フィオーレ 著　菅靖彦 訳

いつまでもグズだと思うなよ！「～しなければいけない」から「～始める」へ。すきま時間をうまく活用し、遊びも仕事も思いっきり「できる人」になるための、最強ガイド！